Hibariyu
雲雀湯
シソ
5
転校先の
清楚可憐な美少女が、
昔男子と思って一緒に遊んだ
幼馴染だった件

「ね、隼人はどの衣装が好み？」
「お兄さんの好み、気になります！」

Contents

illustration by シソ　design by 百足屋ユウコ＋豊田知嘉（ムシカゴグラフィクス）

転校先の清楚可憐な美少女が、昔男子と思って一緒に遊んだ幼馴染だった件5

雲雀湯

角川スニーカー文庫

23273

プロローグ

言葉にはまるで魔法のような力がある。

愛梨《あいり》がそのことを思い知ったのは中学2年の春、体育祭の優勝がかかった女子400メートルリレーの時のこと。

『そうやって、顔を上げて胸を張っていた方が素敵だよ』

『っ!?　え、あ……』

最初は彼に何を言われているのかわからなかった。

だって今、目の前で騒がれているのは、4位から一気にごぼう抜きをして、勝利に決定的な貢献をしたアンカーの女子生徒。

翻って、愛梨はリレーの2番手。順位を維持して勝利に貢献した自負はあるものの、特に活躍したわけでもない。

そして彼は愛梨だけでなく、他の2人にも労いの言葉を掛けていた。

きっと、そういう気が回る人なのだろう。

愛梨にだけ特別だというわけじゃない。

だけど愛梨にとって、そんな風に誰かに褒めてもらうのは初めてで、だからその言葉がドキドキと痛いくらいに心臓に早鐘を打たせたのだった。


気付けば彼を目で追うようになった。

海童一輝《かいどうかずき》。

校内でも姉弟揃《きょうだいそろ》って有名な男の子。

スラリとした長身に、爽《さわ》やかな笑みを浮かべる端整な顔立ち。

身だしなみだっていつも気を遣っていて、清潔感に溢《あふ》れている。

いつも誰かの話の中心にいて聞き上手。男女問わず相談を持ち掛ける人も多い。

掃除とかイベントごとでもゴミ捨てとか委員とか、皆が面倒臭がることを頼まれても、嫌な顔をせず引き受ける。

忘れ物をしたらさりげなく貸してくれるし、髪型を変えたり新しい小物を持ってきたりすればよく気が付き褒めてくれる。

その相手が陰キャのデブオタ男子でも、陽キャのギャルでも。

もちろん、愛梨でも。態度を変えず、分け隔てなく。

そんな、外面の良い奴だった。

そして、バカだと思った。

なるほど、確かに本人が高スペックなだけでなく色々気が付くとなれば、確かにモテることだろう。

現に勘違いしている女子も多い。

勝手に裏切られたと思い込んでいる女子も。

当然、何かの拍子に妬《ねた》む男子も。

『海童、調子乗ってね？』

『ちょっと顔が良くて、美人の姉貴がいるからってさ』

『色んな女子に声掛けまくって節操なさすぎ。今日だって別の子に……何なの、アレ？』

『いい恰好《かっこう》したいのはわかるけど、アレはやり過ぎじゃね？』

『デブスにも声を掛ける点数稼ぎへの情熱は、認めてあげてもいいかな。ぎゃはははっ』

ほら、ちょっと離れたところで耳を傾ければ、案の定こんな声が溢れている。

有名税？　自業自得？

どちらにせよ、愛梨とは別世界の人の話。関係のないこと。

そう、いつものように俯《うつむ》き、ただ聞き流せばいい。

だけどどうしてか、無責任に彼が悪し様に言われていることが気に入らなかった。

――そうやって、顔を上げて胸を張っていた方が素敵だよ。

ふと、彼の言葉を思い返す。

とても下心がある瞳《ひとみ》とは思えなかった。

それにずっと彼を見ていたが、決して誰かを騙《だま》したり、貶《おとし》めようとしたりしたことはない。

きっと。

あの時の言葉も、彼の本心からのものだったのだろう。

彼はただ不器用で、バカなだけなのだ。

勝手に妬んでやっかむだけのやつらより、よほど好感が持てる。なのに、どうしてこんなやつらに蔑《さげす》まれなければならないのか？

気付けば胸の中にモヤモヤとしたものが蓄積されていた。

自分でも、こんなことバカげたことだと思っている。

それでも彼の言葉に嘘はないと証明したくて。

きっとあの時、とっくに彼に魔法を掛けられてしまったのだ。

だから愛梨は顔を上げて胸を張り、それまで何の交流もなく初対面の百花《ももか》の下を訪れ、驚く彼女の目を真っすぐに見つめて、自らの望み《魔法の言葉》を紡ぐのだった。

『私、自分を変えたいんです！　手伝ってください！』

今から丁度2年前。
まだまだ暑い、夏休み明けのある日のこと。
その言葉を切っ掛けにして、愛梨を取り巻く環境が一変した。

第1話　都会へやって来た沙紀

初秋の空は、都会でも夏の分を1枚ぺろりと捲《めく》ったかのように高く、そして青い。

早朝、街はまだ半ば夢の中にいるにもかかわらず、幹線道路ではトラックが忙しなく、少しばかりひんやりとした空気を切り裂いている。

そこから住宅街に入ったところにある新築5階建ての単身者向けマンション、その一室。

遮光カーテンが閉め切られた薄暗い部屋に、アラーム音が鳴り響く。

「ん、んぅ………んんっ⁉」

沙紀《さき》は布団から気怠そうに手を伸ばしてスマホを摑《つか》み、そして画面を確認し、跳ね起きた。

「し、7時半過ぎてる⁉　ちょっと何で、お母さんどうし――……って、ぁ……」

気の抜けた声が、がらんとした物の少ない部屋に吸い込まれていく。

月野瀬《つきのせ》なら遅刻確定の時間だが、都会の中学校には余裕で間に合う時間である。

目をぱちくりさせながら、まだいくつかの荷解きのされていない段ボールが置かれている必要最低限の家具しかない自室を見回し、ポツリと呟《つぶや》く。

「引っ越し、したんだよね……」

沙紀が1人暮らしを始めて1週間と少し。

戸や窓にロクに鍵《かぎ》が掛けられていない月野瀬と違い、防音までしっかりとしているセキュリティ万全の都会の1SLDKマンションは、外から朝を告げる鳥や獣の鳴き声も聞こえずひっそりとしており、少しばかり物悲しい。特に引っ越しの直前までことある度にみゃあと鳴き、連日布団に潜り込んできた子猫《つくし》がいないから、なおさら。

新学期に合わせて転校を済ませたものの、まだまだ都会の生活には慣れそうにない。

寂しさや月野瀬への恋しさはある。

だけど、都会に行きたいと望んだのは沙紀自身なのだ。

「よしっ！」

胸の前でむんっ、と握りこぶしを作り気合を入れて立ち上がる。

まだ時間に余裕があるとはいえ、身の回りのことを自分1人でするとなると色々やることが多い。のんびりとはしていられない。

隣の部屋のキッチンに向かい、冷蔵庫から取り出したフルーツグラノーラに牛乳を掛けたもので朝食を手早く済ませ、スマホで曜日を確認して燃えるゴミをまとめ、制服に着替えて姿見の前に立つ。

真新しいセーラー服は月野瀬の野暮ったいジャンパースカートとは違い、細かいところにオシャレな意匠があしらわれたデザインで、可愛らしくて色んなことが気になってくる。

制服に着られていないだろうか？

姫子《親友》に言われるまま短くした慣れないスカート丈は、はしたなくないだろうか？

他の人と違う色素の薄い髪は、奇異に映らないだろうか？

一瞬不安で表情を曇らせるも、不意に隼人《はやと》と春希《はるき》の顔が脳裏を過《よぎ》った。

その2人が気遣わしげな表情でこちらを見てくれれば、こんな顔はしていられない。

「行ってきます！」

沙紀は笑顔を作り、部屋を後にした。


マンションの集積所に燃えるゴミを出し、待ち合わせ場所へと足を向ける。

エントランスですれ違う人も、道を行く人も、誰しもが挨拶《あいさつ》を交わすこともなく、ただ無関心に沙紀のことなど目に映さず通り過ぎていく。

多くのバイクや自転車が次々に駅へと向かい流れていき、月野瀬とは比べ物にならない

ほど多くの人がいるにもかかわらず、まるで無人の荒れ野を歩いているのかと錯覚してしまう。

まだまだ夏の滾《たぎ》りを色濃く残す太陽が、ジリジリと沙紀の色素の薄い柔肌を焼く。

月野瀬より厳しい蒸し暑さに「ふぅ」とため息を吐き額に浮かべた汗を拭《ぬぐ》えば、こちらに向かって手を振る春希の姿が見えた。

「おーい、沙紀ちゃーん！」

「春希さん！」

沙紀はパァッと笑顔を咲かせ春希に駆け寄る。周囲を見回してみても他に誰もおらず、1人のようだ。

春希はやってきた沙紀を、顎《あご》に手を当て「ほぅほぅ」と口をωの形にしながら少しにやりとした目つきで見定める。

「うぅむ」

「あれ、姫ちゃんとお兄さんはまだ――」

「こうして見るとセーラー服ってこう、グッとくるっていうか、いいよね！」

「春希、さん……？」

「あどけなさの残る顔立ちに、スラリと伸びた手足、少々野暮ったさを感じるおさげも、またそこが清純、無垢《むく》、可憐《かれん》……沙紀ちゃん自身が色白なのもあってそんなイメージが強くなるというか、自分の色に染めたくなっちゃうよね」

「え、えぇっと……」

どこか興奮気味の春希が、フンスと鼻息荒くにじり寄ってくる。

その端整な顔を近付けられれば、ふいに先日月野瀬で戯れに迫られたことを思い出し、堪らず頬を染めて後ずさる。しかし春希が逃すまいと沙紀の顎に手を当てくいっと上げて喉《のど》を鳴らせば、沙紀も釣られてごくりと喉を鳴らす。

一瞬妙な空気が流れそうになるも、ペシッと春希の頭が叩《たた》かれる音で我に返る。

「もぉー、はるちゃん何やってんの！」

「いでっ⁉」

「こら春希、セクハラはやめとけ」

「姫ちゃん！　お兄さん！」

声のした方向へと顔を向ければ、そこには呆《あき》れた様子の霧島兄妹《きりしまきょうだい》の姿。どうやら姫子《ひめこ》が春希にツッコミを入れたらしい。

そして姫子が見てみなさいよとばかりに周囲に視線をやってそれに倣えば、こちらに目を向けていた通行人が次々に目を逸らしていく。

どうやら結構目立っていたらしい。今度は羞恥《しゅうち》で顔を赤く染めていく。春希はてへりとばかりにピンク色の舌先をちろりと見せた。

気を取り直し、４人揃《そろ》って通学路をお喋《しゃべ》りしながら歩く。

「やーボクもさ、自分が着ていた時は何とも思ってなかったんだけど、こうして改めて見るとセーラー服って何かいいよねって」

「まぁ確かに特別な感じはあるよね。セーラー服を着られるの、学生の間だけだし」

「実は私も、ちょっぴり憧《あこが》れてました」

そう言って沙紀はくるりと自分の姿を見回す。ふわりと襟とスカートが舞い踊る。

「うんうん、今度ボクも家から引っ張り出してこようかな……ね、隼人はどう思う？」

「どうって……」

いきなり話の水を向けられた隼人は、少しばかり困った顔をする。

春希、沙紀、姫子へと視線を巡らせ、そしてガリガリと頭を掻《か》く。

「……制服についてそんなこと考えたこともなかったし、よくわからん。別にこだわりもなかったしなぁ」

「えぇっ⁉　制服が可愛いかどうかで志望校決める人も多いのに⁉」

「そう言われてもな、どうせ男子なんてどこも大差ないだろ、っていうか春希がそんなこと気にしてたとは驚きだ」

「てへっ」

「おいっ」

「何言ってんのおにぃ、オシャレなところは男子だってものすごくいいんだから！」

「あ、そういえば芸能人とかが多く通ってるって有名な学校！　あそこって女子だけじゃなくて男子もオシャレだよね」

「だよねだよね」

「「ねーっ！」」

そんなお喋りに花が咲く。

地肌剝《む》き出しのあぜ道でなく、アスファルトの敷かれた住宅街の生活道路。

山から吹き下ろされる風でなく、建物の排気ダクトから吐き出される通風。

そこかしこの山で勝手気ままに伸びる木々でなく、意図的に植えられた街路樹。

田舎と都会。

目に映る景色は、今までと全然違う。

そして、こうして幼馴染《おさななじみ》４人、肩を並べている光景も。

やがてそれぞれの学校へと続く分かれ道に着く。

「じゃ、俺たちこっちだから」

「また後でね。沙紀ちゃん、ひめちゃん」

「はい、それでは」

「あたしたちも行こ、沙紀ちゃん」

沙紀は高校へと向かう隼人と春希の後ろ姿を、少しばかり羨《うらや》ましそうな目で見送った。

肩を並べる数が減ると胸にぽっかりと穴が空いたような物足りなさを感じるがしかし、隣を歩く姫子はやけに上機嫌だ。そんな姫子と目が合うと、姫子ははにかみながら胸の内を零す。

「あたしさ、沙紀ちゃんの急な引っ越しに驚いたけど、やっぱりまた一緒に通えるようになって嬉《うれ》しい」

「……ぁ」

姫子も1人で通学していて寂しかったと。

今までずっと一緒だったのだ。

そしてどちらからともなくはにかみながら手を繋《つな》ぎ、学校へと向かった。

「……はぁ」

校門前で立ち止まった沙紀は、ため息を吐くと共に校舎を見上げる。

「どうしたの、沙紀ちゃん？」

「ん〜、改めて都会ってすごいなぁって」

姫子はそう言った沙紀に「あー」と、ただ苦笑を零す。

月野瀬の小学校も兼用しているやたらと横に長い木造2階建ての校舎と違い、都会の中学校はやたらとオシャレかつ立体的なデザインで、転校して数日経つが未だに圧倒されてしまう。

上履きに履き替える昇降口、教室までの廊下、連絡通路の廊下の窓から見えるグラウンド。

そこかしこに祭りの時以上の数の同世代の姿が目に映り、まるで別の世界に迷い込んでしまったかのように現実感に乏しい。

「はよーっ！」

「お、おはよぅ」

3－4の教室に入り挨拶すれば、こちらに気付いた鳥飼《とりがい》穂乃香《ほのか》をはじめとした女子たちがやってきて囲まれる。転校初日、姫子に紹介してもらった都会での友人たちだ。

「おはー、姫子ちゃんに沙紀ちゃん」

「ねね、昨日出された数学の課題やってきた？」

「なんか夏休みの分で出し忘れたからって、めっちゃ多かったんですけど！」

「そうそう、裏までみっちりでさ！」

「えっ、裏にもあったの⁉　あたし表の分しかやってないんだけど！」

「霧島ちゃん……」「姫子ちゃん……」「あーあー……」「あはは……」

課題の話題から、ついうっかりしていたことが発覚して騒ぎ出す姫子。いつものことかと生暖かい目を向ける穂乃香たち。

「そういや村尾《むらお》ちゃんはやった？」

「楽勝だった？　苦戦した？　向こうと進み具合とかどんな感じなん？」

「うちら受験だし、早いところだともう教科書範囲全部終わってるって聞くけど」

「塾で先行してる組もそうだろうねー」

「え、えっと私は……」

急に話の矛先を向けられ、ビクリと肩が跳ねる。思考が真っ白になって目が泳ぐ。今まで同世代の、それもクラスメイトから矢継ぎ早に話しかけられるということがなかったので、どう反応していいかわからない。

　そんな沙紀の何ともいえない反応に彼女たちも困った顔をするが、ふと、周囲に課題を写させてと頼む姫子の背中が目に入る。思えば月野瀬で隼人と出会った時も、あの背中にいつも隠れてばかりだった。

　ここで何も言えないままだと、今までと変わりやしない。

　グッとお腹に力を込めて背筋をピンと伸ばし、場を仕切り直すかのようにコホンと咳払《せきばら》いを1つ。

「ごめんなさい、私、羊以外に囲まれて話しかけられたことなかったからびっくりしちゃって～」

「「「……ぷっ」」」

　そんなおどけた感じの沙紀の言葉のおかげで、周囲の剣呑《けんのん》としていた空気は一瞬にして笑いによって吹き飛ばされていく。

「ウケるーっ、っていうか羊いるんだ⁉」

「うんうん、学校帰りに脱走した子を連れて戻ったこともあるよ～」

「しかもその辺うろつくことあるんだ⁉」

「うろつくといえば、イタチやタヌキと顔を合わせる方が多いかな～？」

「マジで⁉　っていうかガチ田舎じゃん！」

「あはは、そうだよ～。田んぼだらけでお隣さんまで徒歩10分以上かかるし、最寄りのコンビニまで山を越えて車で30分かかっちゃうしね～」

「うっは、すご！　他にも何かないの？」

「えぇっと、コンビニの駐車場が滑走路みたいに広いとか～？」

「何それ超気になるんですけど！」

「そうそう、バスとか電車が1日数本ってホント⁉」

「野菜の無人販売所ってマジであるの⁉」

「スマホの電波が届かないところが多いってマジ⁉」

「霧島さん、その辺のことなかなか話してくれないからさー」

「わっわっわっ⁉」

楽しそうに話す笑い声に釣られ、遠巻きに見ていた他の女子たちもこれ幸いと会話に交じってくる。どうやら彼女たちも転校生に興味津々らしい。しかしさすがに一斉に話しかけられると、頭がパンクしそうになってしまう。

さすがにいかんともし難いと姫子へと助けを求めるように目をやれば、「姫子ちゃんの田舎ではさ～」「ああああたし田舎者ちゃうし！」とどこか虚しい主張をしては、皆に揶揄《からか》われている。まるでマスコットを弄るかのようだった。

それがなんだか可笑《おか》しくて、思わずあははと声を上げて笑えば、周囲にまたしても笑顔が広がっていくのだった。


キーンコーンとチャイムが鳴り、昼休みを告げた。高校受験を控えどこかピリピリとしている教室も、この時ばかりはと緊張の糸が緩んでいく。

志望校である隼人や春希が通う高校は、このあたりで一番の進学校でもあり人気も高い。今の沙紀の学力では合格率およそ5割か少し下といったところだろうか。

決して手が届かないというわけではないけれど、楽観視も出来ない。だから授業にも身が入るというもの。しかしお昼ばかりはと気を緩ませて、ぐぐーっと伸びをした。

「んぅ、ふぅ～」

にわかに騒めき出す周囲では、早速とばかりに弁当を掻き込む人たち、お昼どうしようかと集まる人たち、そして皆早々に教室を飛び出し散乱したままの机が目に入る。都会の中学校は、授業からお昼休みに切り替わるのも早い。

沙紀はそれらの様子をのんびりと眺めながら教材を片付け、さてお昼はどうしよう、姫子は――とそこまで思案を巡らせたところで、ふと目の前に影が落とされた。

「よっ、村尾」

「え？　あ、はい……？」

顔を上げれば、クラスでも中心にいる男子の姿。にこやかに手を上げながら、ぐいっと顔を近付けてくる。びっくりした沙紀は、思わず仰け反りビクリと肩を震わせた。

短く刈り上げた爽《さわ》やかな髪が印象的で、清潔感に溢《あふ》れ色々とオシャレにも気を配っている垢抜《あかぬ》けた感じの彼は、月野瀬ではまずお目に掛かれなかったタイプである。まだあどけなさを多分に残しているものの、なかなかのイケメンだ。

事実、小耳に挟むようにクラスの女子からの人気も高いのだが、生憎《あいにく》と沙紀はまだ彼と今まで話したことがない。名前も咄嗟《とっさ》に出てこない。

だからどうして声を掛けられたかわからず、妙に緊張して顔も強張ってしまう。

「放課後さ、一緒にカラオケかどこか行かない？」

「え、えーと……？」

「あ、もちろんオレだけじゃなくてさ、他にも一緒に行きたいってやつらもいるから」

そう言って彼が後ろに視線を向ければ、一塊のグループになった男子たちの姿。

沙紀が困惑しながらも愛想笑いを浮かべれば、彼らのうち何人かが追加でひらりと手を振りながらこちらにやってくる。

「歓迎会も兼ねてさ、親交を深めるためにも一緒にどうかなって」

「これから受験で忙しくなるし、思い出作ろうよ」

「せっかく同じクラスになったんだし、うちらもっと村尾さんのこと知りたいんだよね」

「そういや霧島さんと幼馴染なんだって？　霧島さんも呼ぼうよ」

「くぅ、今から楽しみになってきた！」

「あ、あのそのぉ〜……」

そして沙紀のことを置いてけぼりとばかりに話が盛り上がっていく。

状況に理解が追い付かない。頭が真っ白になる。

今まで同世代の男子に囲まれるということがなかったから、なおさら。

（ひ、姫ちゃ〜んっ！）

ちらりと親友《ひめこ》の方を見てみれば、必死に板書を書き写している姿が目に入る。口元には居眠りをしていたのか、少しよだれが垂れた跡。いつもながらの姫子だった。

「ざ〜んねん、沙紀ちゃんには私たちとの先約があるんだよね〜？」

「鳥飼さん！」

「と、鳥飼っ？」「え〜、マジかよ〜」「オレらとも一緒じゃダメ？」

その時穂乃香がすいっと、沙紀と彼らの間に割って入ってきた。

沙紀に向かってぱちりと片目を瞑《つぶ》り、そしてぎゅっと守るかのように腕を胸に取る。男子たちから抗議の声が上がるも、どこ吹く風と聞き流す。

そして彼女を筆頭に、他にも次々と女子が集まってくる。

「今からうちらでその話をすんの、はい男子たちはどっか行った」

「てわけで沙紀ちゃんは貰《もら》ってくね～」

「ほらほら霧島ちゃんも……って、おーい！　霧島ちゃーん！」

「ま、待ってーっ、あと少し！」

どうやら助け舟を出してくれたらしい。

「ま、そういうことだから。行こ、沙紀ちゃん」

「あ、はいっ」

穂乃香は文句を言っている男子たちにひらりと手を振りながら、呆気《あっけ》にとられる沙紀の手を引き教室を後にした。

女子たちと連れ立って食堂に向かう。

話題になるのは、先ほどの男子たちの行動。

「さっきの男子のアレ、あからさまに村尾ちゃん狙いだったよねー」

「ナンパみたいなもんだよ、ナンパ」

「村尾さんって今、男子の間で結構噂になってるから」

「イヤだったらちゃんと断らないとだよー？」

「あ、あはは……私の髪、ちょっと珍しい色してるから」

そう言って沙紀はひょいと左手でおさげを掴《つか》み、眉《まゆ》を寄せる。

都会の中学校では、姫子のように脱色したり染めたりしている人はいる。

それでも生来から色素の薄い肌と髪の沙紀は、月野瀬でもそうだったように、都会ではより一層周囲から浮いてよく目立つ。転校生という、それまでの日常にいきなり飛び込んできた異物だから、なおさら。

自覚もある。物珍しさも手伝っているのだろう。今だってすれ違う人にチラチラと視線を投げかけられている。

しかしそんな視線も、食堂に着けば霧散した。

券売機に並ぶ長蛇の列、購買部に群がる人だかり、それぞれ調達したお昼を広げ会話も盛り上がっているテーブル席。非常に多くの人で賑《にぎ》わっている。

今まで道の駅のなんちゃって食堂コーナーしか知らなかった沙紀にとって、この盛況ぶりには相変わらず息を呑《の》んでしまう。

「とりあえず弁当組で席を確保しとこっか」

「じゃ、私お茶取ってくるね」

「うちは購買でサンドイッチ買ってくるかな」

「村尾ちゃんはどうする？」

「わ、私今日は学食で～」

この2日、購買にパンを買いに突撃したものの、どんくさいところのある沙紀はあまりもののコッペパンしか入手できず、購買との相性の悪さを思い知った。

あははと苦笑いを零し、券売機の列に並ぶ。

非常に多くの人が並んでいるものの、皆どれにするのか予め決めているのか、列はすいすいと捌《は》けていき回転が速い。

そのことにビックリしつつ、さほど間を置かずして沙紀の番が回ってくる。そして「えっ」と固まってしまった。

券売機にはうどん、そば、各種丼に牛、豚、鶏、魚を使った様々な定食メニューがずらりと並び、単品やトッピングの種類も豊富でその全てが安い。どれを選んでいいかわからず指が彷徨《さまよ》い、目を回す。道の駅の4種類しかない券売機しか知らなかった沙紀にとって、都会の中学校の学食は、青天《せいてん》の霹靂《へきれき》だった。

「っ！」

その時、背後からトントントンと急かすように床を叩《たた》く音が聞こえてきた。背後にはたくさんの人が並んでおり、苛立《いらだ》たしげな空気を放っている。皆お腹が空いているのだ。

沙紀はあわあわしつつ、反射的にきつねうどんを選んだ。


沙紀がきつねうどんと共に席に着くのと、皆が揃《そろ》うのは、丁度同時だった。

それぞれいただきますと手を合わせ、お昼に取り掛かる。

「食堂、思った以上にメニュー多くてびっくりしちゃったよ～」

「あー、わかる。私も1年の時とか、めっちゃ迷ったもん」

「うち、購買の方も色々種類多いから、お昼の選択肢が多くていいよね」

「食堂に給湯器があるからって、カップ麵《めん》持ってくる男子もいるけど」

「そういやうちのクラスにもいたねー」

「へぇ、そうなんだ～。姫ちゃんはずっとお弁当……って、姫ちゃん？」

ふと姫子の方を見てみれば、広げたお弁当を前にむむむと唸《うな》っていることに気付く。

姫子のお弁当はハム、エリンギ、玉ねぎ、ブロッコリー、刻みネギが卵でパラパラに炒《いた》められた目にも鮮やかなチャーハンを主役にして、オクラとカットトマトが添えられている。とてもおいしそうなのに、どうしたのだろうと首を捻《ひね》っていると、穂乃香はピンとくるものがあったのか、あぁ、と苦笑を零す。

「なるほど、トマト」

「おにぃ、あたしがトマト苦手なの知ってるのに……」

「霧島ちゃん、またお兄さんに何かやったの？」

「前回はお風呂《ふろ》中々入らなかったから、だっけ？」

唇を尖《とが》らせる姫子。そして姫子を弄る穂乃香たち。

しかし沙紀は、「はぁ……」と何とも言えないため息を吐く。

「姫ちゃん、そのお弁当ってやっぱりお兄さんが作ったの？」

「うん、そうだよ。ブロッコリーの茎に残り物のキノコ……冷蔵庫の掃除も兼ねてるね、これ。あ、豆腐まで入ってる」

「無駄なく食材を使って、栄養やカロリーまで考えられてる……」

「あはは、そうとも言えるかな」

実際、沙紀も弁当を用意しようかなと考えたこともあった。

だが実際1人暮らしを始めてみれば、日々の生活だけで手いっぱいで、そこまで手が回らない。多少料理を齧《かじ》るようになった今、姫子の弁当からどれだけ家事スキルの差があるのか理解してしまう。眉間《みけん》に皺《しわ》が刻まれる。

するとと今度は沙紀が、穂乃香たちにニヤニヤした視線を向けられていることに気付く。

「ほぅほぅ、これはやはりアレですか、アレ」

「うんうん、黒ですな。黒確定ですな」

「相手は色々手強いですぞ～」

「まぁまぁ、我々は村尾ちゃんの味方だから」

「えぇっと……？」

なにやらしたり顔をする穂乃香たち。どこか胸の内を見透かされているかのようで、恥ずかしさから肩を縮こまらせてしまう。

そんな中、姫子がきょとんとした顔で尋ねる。

「何の話？」

「ん～敵情視察、今度御菓子司《おかしつかさ》しろに行ってみようって話」

「あ、行きたい行きたい！　あそこの制服可愛いし美味《おい》しいし老舗《しにせ》だし、沙紀ちゃんも連れてかなきゃだよね！」

「あはは、そうだねー」

穂乃香たちがはしゃぐ姫子を見る目は妙に微笑ましかった。

放課後になった。

沙紀は姫子や穂乃香たちと連れ立って学校を後にする。

目指すは歓迎会の会場である沙紀の家。どうやら1人暮らしの部屋がどういう感じなのか気になるらしい。

興味津々の彼女たちとお喋《しゃべ》りしながら歩くこと15分、マンションに着いた沙紀はソファーや観葉植物が置かれ、ポストと宅配ボックスが並ぶエントランスを抜け、オートロックを解除して皆を招き入れる。

いくつか並ぶエレベーターに乗り3階へ。空調が効いた内廊下を通り、308号室のカギを開けた。

「まだあまり片付いていないから、恥ずかしいけど……」

「おじゃましまーす！」

姫子が元気よく挨拶《あいさつ》し、リビングへと向かう。穂乃香たちはどこか恐る恐るといった様子で靴を脱ぐ。

2人掛け用のソファーにローテーブル、木製のボードには大きめのテレビ。壁際にはまだ何も置かれていないオープンシェルフ。

小綺麗《こぎれい》に掃除はされているものの広さの割には物が少なく、また生活の跡があまり感じられないこともあり、よく言えばモデルハウスじみており、しかしやはりどこか物寂しくもある部屋だ。

　だが姫子はそんなことはお構いなしに床に鞄《かばん》を置き、キョロキョロと無遠慮に部屋を見回し、はしゃぐ。

「ねね、引っ越しの時、荷運びしただけでよく見られなかったから、探検していい？」

「いいけど、そんな大したものないよ～？」

「ここ沙紀ちゃんの寝室？　あはは、こっちも物がないねー。これからの季節、コートとか必要になってくるだろうし、ハンガーラックくらいあった方がいいんじゃない？」

「そうだよね～、取るものも取り敢えずって感じだったし～」

　姫子とは対照的に、穂乃香たちは借りてきた猫のように物静かだった。そういえばと思い返すと、マンションに着いてからは一言も喋っていない。

　沙紀がどうしたのかなと小首を傾げて視線を向ければ、はっと我に返った穂乃香が、恐る恐るといった様子で尋ねてくる。

「えっと……部屋、かなり大きいね？　もしかして沙紀ちゃん、結構なお嬢様？」

「…………へ？」

　お嬢様。

　聞き慣れない単語に思わず間の抜けた声を上げた。

どういうわけか、他の女子たちもこくこくと頷《うなず》いている。

「あはは、ただの田舎者だよ？」

「いやいやいや、1人暮らしにしては随分広いでしょ！」

「マンションの入り口も廊下もすごく綺麗《きれい》だったし！」

「そういや廊下にもう1つドアあったよね⁉」

「き、綺麗なのは築浅だからだし、廊下のはフリールーム？　お母さんやお祖母ちゃんがちょくちょく泊まりに来る予定だから、その……」

「ん～お嬢様かどうかはともかく、沙紀ちゃん家《ち》の神社って1000年以上続いているから、由緒正しい家柄ではあるよね」

「ひ、姫ちゃん～っ」

姫子の言葉に「「「おぉぉ～っ」」」と盛り上がる穂乃香たち。

そして姫子が「ほら、これが沙紀ちゃん家《ち》の神社と、今年の夏祭りの衣装！」とスマホの画像を見せれば、「すごっ、でかっ⁉」「歴史ありそう！」「ふわぁ、衣装すっごい綺麗！」「さすお嬢！」といった、こそばゆい声が上がってくる。

居た堪れなくなった沙紀はただ無駄に古いだけなのにと思いつつ、「の、飲み物用意してくるね～」と言って台所へと逃げ込んだ。

冷蔵庫からお茶のペットボトルを取り出し、そこではたと手が止まる。

来客用のコップがない。そもそも自分用の食器もろくにない。

引っ越しの時、手伝ってくれた人へと出した紙コップの残りをもって、これのどこがお嬢様なんだか、と苦笑を零してリビングに戻る。

するとは今年の夏休みに撮った、帰省した皆で遊んでいる写真で盛り上がっているようだった。「わ、川遊び楽しそう！」「バーベキューいいなぁ」「本当に羊に囲まれてる⁉」といった声が上がる中、ふと穂乃香がポツリと、なんてことない風に呟《つぶや》く。

「これ、二階堂《にかいどう》先輩だよね？　こんな風に笑うんだ……」

「バーベキューの炭を組み上げて遊んでる顔とか、学校での姿から全然想像つかないや」

「愛想はいいけど、誰も寄せ付けない高嶺《たかね》の花《はな》って感じだったし」

「運動も勉強も抜群で、クールなイメージが強いよね」

「そうそう、この間のバイトも手際よく捌《さば》いてたよねー」

「「……え？」」

沙紀と姫子は思わず顔を見合わせ素《す》っ頓狂《とんきょう》な声を上げた。

今までの春希の姿を思い浮かべてみるも、穂乃香たちの言うイメージに重ならない。

姫子が怪訝《けげん》な顔をして声を上げる。

「えっと、別の人と間違えてない？　はるちゃんだよ？　勉強を人に教えるのが壊滅的で、うちにいる時とかだらしない姿しか見せてないし、昨日だって安かった！　って言いながら固形の入浴剤を入れると泳ぐアヒルのオモチャなんか買ってきてたし」

「それ、結局姫ちゃん家《ち》に置いてってたんだっけ？」

「そうそう。おにぃもおにぃで早速薬局に入浴剤買いに行くしさー、子供かってーの！」

「あ、あはは……」

姫子が話す春希の姿に、どこかピンとこない穂乃香たち。

どうやら春希が普段外で見せている姿は、沙紀たちの知る姿とは違うらしい。

だからお互いの興味を惹《ひ》き、春希の話題でしばし盛り上がる。

「うん、アレ……？」

「どうしたの？　……18？」

「っ!?」

その時、女子の１人が声を上げた。視線の先にあるのは寝室側にある机のノートパソコン、その隣にある18という数字が目立つシールが貼られ、可愛らしい女の子の絵が描かれたトールケース。沙紀の部屋に於《お》いて、少々異彩を放っている。

彼女たちは小首を傾げ、そして沙紀はみるみる顔を赤く染めていく。

「えっと、あのそのこれは！　田舎で、姫ちゃんの、お兄さんが！　その、ちょっとアレだけどすごく良いストーリーでっ！」

「あー！　それ、おにぃが持ってたエロゲー！」

「「「っ⁉」」」

穂乃香たちはビックリしつつも、ごくりと喉《のど》を鳴らす。

彼女たちもお年頃である。別にそういうことに興味がないというわけじゃない。

誰からともなく顔を見合わせ、そのうち１人がピンと真っすぐに手を上げた。

「後学のための勉強会を、ここに提案します」


その後、急遽《きゅうきょ》始まったゲ、ー、ム、大会からの感想戦を経て、どこか肌をツヤツヤにさせた穂乃香たちは、帰宅の途に就いた。

「それじゃ行こっか、姫ちゃん」

「うん」

部屋を片付け、軽く掃除を済ませた沙紀は、姫子と共に霧島家へと足を向けた。徒歩でおよそ５分、月野瀬の時よりも物理的に距離が近い。

引っ越してきて以来、夕食は霧島家で摂っている。春希もいるし、３人も４人も変わらないと、隼人に誘われた形だ。少しばかり申し訳ないと思いつつも、さすがに夕食の準備にまで手が回らないので、お言葉に甘えている。それに接点が増えるのは、素直に嬉《うれ》しい。

姫子と並び、学校とは違う方向へと住宅街を歩く。

初秋ともなれば、陽が暮れるのも随分と早くなっている。

道行く人は太陽に急かされるようにして家へと吸い込まれていく。

沙紀たちも彼らと同じように、ファミリー向けの大きなマンションの中へと身体を滑らせた。

「おかえりー……って、うわぁ」

「あはは……」

「あ、おかえりー、ひめちゃん、沙紀ちゃん」

帰宅早々、姫子が嘆かわしい声を上げた。

リビングのソファーの上では制服姿の春希が仰向けになって寝転び、ひじ掛けに足を投げ出しながら漫画を読んでいる。スカートも際どい感じでひらりと捲《めく》れあがっており、角度によっては中身が見えてしまうだろうがしかし、本人が気にした様子はない。あられもない姿に、沙紀もあははと苦笑いを零す。

隼人はといえば、そんな春希のことなど気にも留めず、キッチンで夕食を作っている。

きっと、いつものことなのだろう。

　そんな自然体な2人の関係を、少しだけ羨《うらや》ましく思う。

「もぉ、はるちゃんはしたない！　足！」

「うん、見えてる？　てかひめちゃんも読む？」

「はるちゃんは～……ってこれ今クラスでも話題のスパイのやつ！」

「そうそう！　昨日配信されてるアニメの1話目見ちゃってさぁ、気付いたら今日学校帰りに揃えちゃってたんだよね。はいこれ、1巻！」

　手渡されるや否や、漫画にのめり込む姫子。相変わらずチョロい親友である。沙紀は少しばかり呆《あき》れたため息を吐く。

　だけど、悪くない空気だった。

　そしてまた、漫画に没頭している姫子と春希も、ソファーで沙紀が座る場所を開けてくれている。ほんの少し前までは全く想像もしなかったこの都会にも、自分の居場所があるのだと教えてくれているようで、胸にじわりと温かいものが広がる。

　沙紀は2人に倣って甘《あま》えてそこに座ろうとしたものの、ふいにキッチンに立つ隼人の後ろ姿が目に入った。ソファーと隼人の背中を交互に見やり、逡巡《しゅんじゅん》することしばし。グッと胸の前で両手を握りしめ、キッチンの方へと足を向けた。

「っ！　はい、ただいまです」

「あ、沙紀さんおかえり」

「お兄さん」

ふいに掛けられた挨拶《あいさつ》に、ドキリと胸を跳ねさせる。

おかえりとただいま。

なんてことないやりとり。隼人だって鼻歌まじりでそのままレタスを千切り続けている。

だけど今までにない、特別なやりとりだった。

沙紀は胸の鼓動を悟られぬよう、笑みを浮かべたまま話を切り出す。

「えっと、エプロン使ってくれてるんですね」

「今まで使っていたの、古かったしな。まぁ早速油を跳ねさせちゃったけど……その、染み抜きはしたし、大事に使うから」

「あはは、エプロンなんて汚れるもんです。そんな風にエプロンを可愛がってくれてれば、この子も喜ぶと思いますよ。ね、コン助？」

「名前、あるんだ？」

「ふふっ、今決めました」

「っ！　そう、なんだ」

沙紀は誕生日プレゼントで渡したエプロンに縫い付けられた狐のワッペンを見ながら、茶目っ気たっぷりに笑う。

少し子供っぽかったかなと思いつつも、かつてにはなかったやりとりに心が弾む。口元も緩む。

「ところで、何かお手伝いすることとありますか？」

「ん、そうだな……冷蔵庫からヨーグルト取ってくれないか？」

「ヨーグルト？」

「トマトカレーの隠し味に入れるんだ」

「わっ！」

そう言って隼人が煮込んでいたお鍋《なべ》の蓋《ふた》を取れば、ぶわっと部屋全体に食欲を刺激する香ばしい匂いが広がっていく。ぐつぐつと煮込まれているのは、赤みがかったルゥ。そこでナスやズッキーニが泳いでいる。色味からも辛さを感じられるものの、ヨーグルトの酸味が加われば、まだまだ汗ばむ陽気の残暑のこの時期にも、食が進みそうな一品だ。

それを肯定するかのようにリビングから、くぅ、という2つの腹の音が聞こえてきた。誤魔化すように漫画に顔を埋める姫子と春希。それを見た沙紀と隼人は、互いに顔を見合わせ小さく笑う。

「沙紀さん、お皿を出してくれるかな？」

「はいっ！」

「「「「いただきますっ」」」」

霧島家のダイニングに４つの声が重なる。

「ん～、酸味と甘みと辛さが雑妙だね！　でもちょっと水っぽいかな？」

「トマトから思った以上に水気が出たなぁ、煮込みも浅いし、ちょっとシャバシャバになってしまったかも」

「うまっ、熱っ、辛っ、おにぃ水っ！」

「はいはい、ひめちゃん水だよ」

「っていうか姫ちゃん、トマト苦手なのにトマトカレーは大丈夫なんだ？」

「あたしが苦手なのは、生トマト！　あのえぐみはなんとも……ケチャップとかは大好きなんだけどね！　パスタのトマトソースも！」

「あ、あはは、なるほど……」

皆でトマトカレーに舌鼓を打ちながら、今日登校中に自販機で柿と栗のジュースを見かけただとか、休みボケで名前を呼ばれても反応が遅れるクラスメイトがいるだとか、月野瀬と比べて人が多いから名前と顔を覚えるのが大変だとか、そんな沙紀が実家にいた時とは違う話題に笑顔が咲く。

　1人暮らしを始めてから大変なことや、戸惑うことも多い。

だけど思い切って都会にやってきてよかったと、口元も緩む。

「おや、いい香りだね」

「親父っ？」「おじさん⁉」

「「っ！」」

　その時ガチャリとリビングの扉が開き、どこか隼人や姫子と似た面影のある壮年の男性が顔を出す。2人の父であり、この部屋の主である霧島和義《かずよし》だ。

　しかし隼人と春希は、和義の帰宅がさも意外と言いたげな声を上げている。事実、沙紀が都会に来てしばらく経つが、彼を見たのは初めてだった。

「……」

「「「……」」」

　沈黙が流れる。

　現在午後7時前、普通の家なら家族団欒《だんらん》の時間だろう。だというのに、和義自身も落ち着かない様子で所在なげにしている。

少しばかり陰鬱《いんうつ》な空気だった。

それは和義のシャツが見るからにくたびれていたり、目の下に大きな隈《くま》があったりするせいかもしれない。

ふとダイニングテーブルが埋まっていることに気付いた沙紀は、慌てて声を上げた。

「あ、あの、ここ……っ」

「っ！　あ、あぁそのままでいいよ、沙紀ちゃん」

沙紀がガタリと腰を浮かせれば、和義が慌ててそれを制止する。

そして和義はキッチンに向かい、ポットのお湯でコーヒーを淹れ、リビングのソファーに腰掛け、荷物を置いた。

どこかまごつく空気の中、隼人がコホンと咳払《せきばら》い。

「その、今日は早いというか珍しい時間だな、親父」

「あぁ、夕方病院の方でちょっとね」

病院。

その言葉で姫子の肩がビクリと小さく跳ねる。表情も硬い。

隼人もそんな妹の反応に気付いたのか、慎重に言葉を選び口にする。

「その、いつ、戻ってくるんだ？」

「もうほとんど良くて、本人もなるべく早くって言っているけど……2回目だし、こっちとしてはちょっと慎重になってる感じかな」

「……そうか」

先ほど、そのへんについて医者とも話し合ってきたのだろうか？　どうやら経過は順調らしい。

和義だけでなく、それまで固唾《かたず》を呑《の》んで見守っていた春希も隼人同様ホッと息を吐き、顔を綻《ほころ》ばせる。空気が緩む。

しかし、姫子だけがどこか浮かない様子だった。隼人も眉《まゆ》を寄せている。

ふと、かつて親友の母が一度目に倒れた時のことが脳裏を過《よぎ》る。

『ひめこを、おれのいもうとを、笑わせてくれ！』

そしてかつて隼人が口にした、自らと同じ願いを思い出す。

だから沙紀はポンッと手を合わせ、努めて明るくなるような声を上げた。声を上げなければならないと思った。

「あ、あの買い物！　私引っ越したばかりで、足りないもの、いっぱいで！」

しかし口から飛び出したのはひどく利己的なもの。

視線が集まる。自分でも他になかったのかなと思う。

その時、隼人と目が合った。その瞳《ひとみ》には驚愕《きょうがく》と共に、少しばかり不安を覗《のぞ》かせる色。

だから沙紀は大丈夫ですよと強い想いを込め、にこりと微笑む。

すると息を呑んだ隼人が沙紀の意図を汲《く》み取ったのか、すかさず言葉を続けてくれる。

「そうだな、引っ越し直後だと色々足りないものがあるだろう。俺だって欲しいと思いながら後回しにしてたものがあるし。圧力釜《あつりょくがま》とか」

「圧力釜って……でもボクも買いそびれてる漫画やラノベの新刊あるんだよね」

「うん？　駅前に本屋なかったっけ？」

「隼人はわかってないなぁ、そういう専門店で買うと特典が付いてくるんだよ？　推しの作品はフルコンプするつもりで買わないと！」

「うん？　純粋な疑問なんだけど、同じもの被っちゃうけど、それはどうするんだ？」

「もちろん、１冊は自分で楽しむ用！　他は友達におススメして布教する用だよ！」

「えっ⁉　春希、漫画とか貸す相手いたのか……」

「いるじゃん、ここに！」

「確かに最近本棚に見知らぬ本が増えて……他には？」

「えっと…………………」

「……どんまい！」

「も、もぉ～、意地悪！　いいもん、今度沙紀ちゃん家《ち》にも持ち込むんだから！」

「あ、あはは、春希さん……」

春希もその流れに加わり、他の話題へと移っていく。

和気藹々《わきあいあい》とした空気に変わり、そこへ姫子も「あ！」と明るい声を上げ、するりと輪の中に入ってきた。

「そういや秋物の服も、もう色々と出てるんだよね。あたし見てみたい！」

「姫子、まだ秋物は暑くないか？」

「おにぃ、わかってないなぁ。先取りするからこそいいんだよ、暑いのは我慢！」

「それにお兄さん、この時期案外すぐに次の季節に移っちゃいますし、今から用意しても遅くはないですよ。私も学校のクーラーが効き過ぎてるから、カーディガンが欲しいかなあって思ったりも」

「そ、そういうものなのか、春希……って今露骨に目を逸らしたな？」

「ワー、ボクモ秋物ヲ見繕ワナイトナー」

「……ったく」「はるちゃん……」「あ、あはは」

そんな春希の反応に、自然と笑いが広がっていく。

彼らを見ていた和義も、ふと何かに気付いたとばかりに、そしてどこか実感のこもった言葉を投げる。

「女の子の服選びは大変だよ、隼人」

「……想像しただけで大変そうだ」

「そんな時は、自分のものを選んでもらうといいよ。あれはそう、丁度高校生の時だったかな？　買い物に行きたいって言いだした、当時はまだ腐れ縁なだけだった母さんに連れられて――」

「ちょ、ちょっと待って親父、それって！」

「きゃーっ！　お父さん、ちょっとそれ詳しく！」

「わ、わ、もしかしておじさんとおばさんの⁉」

「隼人のを選ぶ……アリよりのアリかも」

惚気《のろけ》だった。

月野瀬でも有名なこの親友の両親の付き合う前の話となれば、むくむくと興味も湧く。姫子だって鼻息を荒くしている。

しかし隼人はそんな父の話が気恥ずかしいのか、強引に話題を逸らす。

「そ、そういえば再会したばかりの頃の春希って、服のセンスが壊滅的だったよな」

「あー、はるちゃんのアレは酷かったよね」

「みゃっ⁉　隼人にひめちゃん⁉」

「え、ちょっとそれ詳しく！」

「写真も撮ってるよ。はい、これ」

「…………わぁ」

「さ、沙紀ちゃんも～っ！」

春希を中心にして笑いが広がっていく。

陰鬱な空気はいつの間にか吹き飛んでいた。

ふとそのことに気付いた沙紀は、心の中でホッと胸を撫《な》で下《お》ろす。

その時、隼人と目が合った。その瞳にはありがとうの色が込められており、小さな笑みを浮かべたので、沙紀もなんてことないですよと思いを込めて微笑み返す。すると隼人は目を少し見開き、照れくさそうに頭をガリガリと掻《か》いて顔を逸らす。

その姿が、年上だけど少しだけ可愛いだなんて思ってしまった。

月もなく星の数も少ない都会の夜空は、まるで零した墨のように暗く広がっている。

それでも地上で数多く瞬く灯りのおかげで月野瀬と違い足元も明るく、空との境界はあやふやだ。

霧島家を後にした沙紀と春希は帰路に就いていた。

「……」

「……」

2人の間に会話はない。

カツカツと足音だけが響く。

別に気まずいからということではなく、どちらかといえば先ほど霧島家で粗方話し終えたといった方が適切だろう。

悪くない空気だった。それだけ春希とも近しくなっているに違いない。

沙紀はちらりと隣へ視線を移す。

二階堂春希。

幼い頃から誰よりも隼人と近い距離にいる、清楚可憐《せいそかれん》な女の子。

先ほど霧島家で見せていた無防備な姿。

遠慮のないやりとり。

姫子のことですかさず話に乗ってフォローを入れた気遣い。

全て、彼女じゃないと出来ないことだ。

春希の横顔を街灯が照らす。胸がざわつく。

その時びゅうっ、と色なき風が吹いた。

「きゃっ！」

「わっ！」

沙紀は咄嗟《とっさ》にふわりと舞いかけた月野瀬の時よりも短い制服のスカートを押さえ、春希ははらりと風に攫《さら》われた長い髪を押さえた。

さすがにこの時期の夜ともなれば肌寒く、ぶるりと身を震わせる。

それは春希も同じのようで、視線が合えば困ったような笑みを零す。

とても綺麗《きれい》な笑顔だった。

しかしそこにあるのはどこかあやふやで、この都会の朧《おぼろ》げな輪郭の月のように現実感がなく、今にも消えてしまいそうな儚《はかな》さと危うさ。

春希は時折、今みたいな寂しげな顔を覗かせることがある。

──二階堂真央《まお》、否、田倉《たくら》真央。

都会に引っ越してきてまだ間もないが、教室でもしばしば彼女のことが話題に上る。月野瀬では実感がなかったが、どうやらかなりの有名人らしい。

当然ながら、田倉真央に娘がいるだなんていう話は聞いたことがない。

春希が何も思わないはずがないだろう。

そんな春希が隼人の前でだけ見せる、無邪気な笑顔。どれだけ彼女にとって、彼が大きな存在なのかを思えば、胸がきゅっと締め付けられる。

「あの――」

「っ！」

するとそんな沙紀の表情を見た春希が、気遣わし気に話しかけてきた。

一瞬あたふたするも、不意にスマホが通知を告げた。

「あ！　春希さん、これ見てください！」

「――わぁ、あの時の子猫！」

母から送られてきたのは最近村尾家で飼い始めた子猫ことつくしの画像。

ばんざいとへそを天に向けながら仰向けで寝転がっており、『ぼく元野良《のら》、野生はもう忘れました』という文字が一緒に躍っている。

他にも画面をフリックさせれば、心太《しんた》と一緒に縁側で昼寝をしていたり、猫じゃらしのオモチャで飛び跳ねていたり、ご飯のお皿の前で催促するように見上げていたりと、色んな表情を見せていた。

沙紀と春希の目尻《めじり》がみるみる下がっていく。

「お父さんがほんともうデレデレみたいで……心太も毎日のように顔を出してるって」

「ふふっ、つくしちゃんもうすっかり家族の一員って感じだね」

「つくしったらすごい甘えん坊さんで、夜中いつの間にか布団に入り込んでくるみたい」

「いいなぁ……」

つくしは春希が見つけ、助けた命だ。

春希がいたからこそ、今こうして幸せな姿を見せている。

だから沙紀は、「……はぁ」と切なそうなため息を吐く春希に胸を張ってという、助けてくれてありがとうという想いを告げたくて、声を上げた。

「春希さん、その、今度お泊り会しましょっか。月野瀬の時みたいに！」

「え、あ……」

「私、１人暮らし始めて慣れてきたからというか、ちょっぴり寂しくなっちゃって……部屋も余ってますし、ね？」

またしても利己的な理由になってしまった。恥ずかしさから顔が赤くなる。

しかし春希はそんな沙紀を目をぱちくりとさせながら見つめた後、思いもよらない言葉を零す。

「ボクね、沙紀ちゃんがこっちに来てくれて、本当に良かったと思うよ」

「……え」

そう言って、春希はふわりと笑った。

隼人の前でだけ見せている時と同じ、心からの信頼を寄せる笑顔で。

春希の気持ちが伝わってくる。胸が熱くなっていく。

そして春希は、いつもの悪戯《いたずら》っぽい笑みを浮かべ、沙紀に我儘を告げる。

「どうせなら隼人もいるひめちゃん家《ち》でしたいね。夜更かししてさ、普段は見ないような映画を借りてきたりするの」

「わぁ、楽しそう！」

「寝る時は皆で枕を並べたいね」

「ん、姫ちゃんの部屋だと無理かも」

「じゃ、リビングを占拠だ」

「あはは！」

そんな計画を立てながら、春希と沙紀は誰もいない家へと向かう。

からからと上がる笑い声が、ふわふわと都会のぼんやりとした暗がりへと吸い込まれていった。

第2話　そういうところ

隼人《はやと》は薄ぼんやりとした、ふわふわとした雲のような意識の中を漂っていた。

とても穏やかで心地のいい空間に身を委ねていると、どこかから聞き慣れた懐かしい音が聞こえてくる。するとその音に誘われるかのように、幼い頃のユメを思い出す。

昔。

まだ何も知らず、無邪気にいつまでもこの日々が続くと信じていた時のこと。

隼人のユメはカウボーイになることだった。

大きな犬の背中に乗って羊の群れを追う、そんなバカげた子供らしい《》モノ。

当時のユメそのままに、大きな犬が夢の中の幼いはやとを乗せて月野瀬《つきのせ》のあぜ道を駆けだした。

茶畑、養鶏場、木材加工場。

色んな景色が流れていく。あの頃は、カウボーイにでも何にでもなれた。

ふと、夢の中の犬が大きく『PiPiPi』《わんっ》と鳴いた。

すると急に足元が崩れ、地の底《現実》へと落ちていく。

そして藻掻《もが》くように手を伸ばし——

「——っ！」

まるでバネ仕掛けの玩具《おもちゃ》のように、上半身ごと飛び起きた。

じんわりと汗を掻き、ドクドクと心臓が脈を打つ。

幾分か和らぎ始めた白露結ぶ初秋の日差しが、カーテンの端から漏れている。

机の上では久々に目覚ましがアラーム音を立てていた。いつもは鳴る前に目が覚めているので、珍しさとやってしまった感で時刻を確認し——思わず息を呑《の》む。

「んえっ⁉」

気付けばいつも設定している時間から軽く30分以上過ぎている。遅刻はまだしないものの、今すぐ出たとしても春希《はるき》たちとの待ち合わせには厳しい時間帯だ。

一体どうして⁉　何かの拍子にズレた⁉　そういや昨夜、寝る前、床へ盛大に落としたっけ⁉　混乱した頭で色々考えてみるものの、時は刻一刻と過ぎていく。

我に返った隼人は、すかさず春希に『少し遅れるかも』とメッセージを送る。

「姫子《ひめこ》、起きろーっ！」

そして慌てて姫子を叩《たた》き起《お》こし、家を転がり出るのだった。

「ふぎゃっ⁉」

空は突き抜けるような青。

遠目には天に向かって背伸びをしているいくつかのビルたち。

月野瀬とは違い周囲を遮る山がない都会は、随分と世界が広く見える。

通学路にある街路樹の葉は、ほんのりと色付き始めていた。そのせいか今朝の空気は、いつもより少しだけ涼しく感じる。秋祭りが終わる頃になればきっと、制服も夏服から徐々に秋の装いへと衣替えをしていくことになるだろう。

「わ、悪ぃ、遅れた……っ」

「ふぅーっ、ふぅーっ」

しかし全力疾走した隼人と姫子は、汗でびしょ濡《ぬ》れになっていた。

待ち合わせ場所で待ってくれていた春希と沙紀《さき》は、霧島兄妹《きりしまきょうだい》にくすりと苦笑いを零す。

「珍しいね、隼人が寝坊するなんて」

「俺も、数年、ぶりで、びっくり、だよ……っ」

「あはは、いいからとりあえず息を整えなよ。時間はほら、いつもとそう変わらないしさ」

「……おぅ」

大きく数回深呼吸をして呼吸を整え、額に浮いた汗を手の甲で拭《ぬぐ》う。残暑を熱心に主張している太陽が、少しばかり恨めしい。

同じく息を乱し汗だくになっている姫子は、沙紀から差し出されたハンカチで汗を拭《ふ》き、そしてぎゅう〜、とお腹で大きな主張をした。３人の視線を受け、顔を真っ赤にして唇を尖《とが》らせる。

「あ、朝ご飯食べてないし、思いっきり走ったし……」

「ははっ、俺も今日は午前中に体育あるし、朝抜きは辛いな。コンビニ寄っていいか？」

「中学校行く途中にあるところですか？」

「いつものとこだね。んじゃ、ひめちゃんが倒れる前に行こっか」

そして少しばかり足早にコンビニへと向かう。

学校までの道のりの中間、住宅街の外れにあるコンビニは大通りに面しているということもあり、都会には珍しく店舗の前面は駐車場になっている。

朝ということもあり、店の中には出勤途中の人たちや、色んな種類の制服の学生たちの姿。彼らも隼人たちと同じく、朝食を求めているのだろう。

コンビニに入ってすぐ、隼人のシャツの背中がくいっと引かれた。何事かと思って顔を向ければ、姫子が「んっ！」と言いながら手のひらを向けている。

その意味を察した隼人は、寝坊して色々用意できなかったこともあって500円玉を渡すが、姫子に不満そうな顔を返される。すると「はぁ」、とため息を吐きつつ眉《まゆ》を寄せて追加で200円渡せば、姫子は一転笑顔になって「おにぃ、ありがと！」と言ってスイーツコーナーへと駆け出して行く。

隼人が現金な奴、と内心呆《あき》れながらガリガリと頭を掻けば、隣からくすくすと忍び笑いが聞こえてきた。

「隼人ってさ、やっぱりひめちゃんには甘いよね」

「……別にそんなことは」

「んふふ、皆まで言うな、わかってるって。それじゃボクはカップ麺《めん》の新作ないか探してこよっかなー」

「あ、おい春希……ったく」

隼人を揶揄《からか》うだけ揶揄った春希は、インスタントコーナーへ。

後に残された隼人は、そんなことないんだけどなと思い、何とも言えない顔になった。

するとその時、近くにいた沙紀のどこかそわそわと落ち着かない様子に気付く。

「沙紀さん？」

どうしたことかと問いかければ、肩身が狭そうな沙紀は周囲に視線を巡らせた後、こっそりと遠慮がちに耳打ちする。

「その、視線がといいますか、人が多いことにまだ慣れてなくて……」

「うん……？」

その言葉を受け、隼人もちらりと周囲を見回す。

確かに店内から男女問わず、視線が向けられていた。沙紀だけでなく、春希や姫子にも注目が集まっている。隼人は「あぁ」、とどこか納得した。それだけ彼女たちが人目を惹《ひ》いているのだろう。

ちらりと店内に目をやる。

やけに真剣な顔でカップ麵を吟味している春希は、端整な顔立ちに長く艶《つや》のある黒髪にすらりと制服から伸びる長い手足の、見た目は清楚可憐《せいそかれん》な女の子。こうして視線を集めることも多い。

スイーツコーナーで忙しなく動く姫子はふわりと髪にパーマをかけ、身だしなみにも人一倍気を遣っている今時の、まぁ可愛らしいといっても差し支えのない女の子、なのだが、しきりにその場で「マロン！　パンプキン！　スイートポテト⁉」と、朝からテンション高く声を上げていれば、嫌でも目立つことだろう。

翻って沙紀はどうだろうか？

色素の薄い亜麻色の地毛に、透き通るような白い肌、それらと少しあどけなさが残るものの、すっきりとした目鼻立ちは清純なイメージを与える。特に隼人は月野瀬で巫女《みこ》をしているところを見ていたから、なおさら。

こうして見てみれば、ベクトルは違うものの、沙紀は春希と並んでも霞《かす》むことのない美少女と言えた。

「沙紀さん可愛いから、注目集めてるんだと思うよ」

「ふぇ!?　か、かわ……っ!?」

「学校とかでも、同じように見られてるんじゃない？」

「そ、それは……あぅぅ……」

「…………ぁー」

隼人が素直な感想を述べていけば、沙紀の顔が恥ずかしそうにどんどん赤くなっていく。

隼人としても意外だった。いつも姫子に言わされているのと同じように言っただけなのだが、妹と違う反応に戸惑いドキリとしてしまう。

2人の間にむず痒《がゆ》い空気が流れる。

するとその時ふいに春希がやってきて、ギュッと横から沙紀をまるで隼人から守るかのように抱きしめ、抗議のジト目で睨《にら》む。

「隼人、なに沙紀ちゃんをナンパしてるのさ?」

「べ、別にナンパなんか……」

「ま、気持ちはわからなくないけどね」

「は、春希さん!?」

そう言って春希は隼人に見せつけるかのように頰擦りする。

沙紀は戸惑いつつも、されるがままで苦笑い。しかし、嫌がるそぶりはない。

それはどこからどう見ても、仲の良い女の子同士の姿だった。

村尾《むらお》沙紀。

妹の昔からの親友。どこかおっとりとしていて月野瀬の羊や村の皆から可愛がられている、今まであまり交流のなかった女の子。

しかし隼人たちの月野瀬からの転校を切っ掛けに、どんどん話すようになって最近急速に仲を深めている。

隼人とも。そして、春希とも。

目の前の2人の距離はとても近く、かつてのはやととはるきを彷彿《ほうふつ》とさせた。

すると春希と沙紀の仲が良いのはとてもいいことのはずなのに、どうしたわけか隼人の眉間《みけん》に皺《しわ》が寄っていく。

素直にこのことを喜べない自分がとても嫌な奴に思え、そんな胸の内を悟られたくなくて、誤魔化すようにガリガリと頭を掻いておにぎりやパンが陳列されているコーナーへと顔を向け、敢えて声を出す。

「っと、俺も朝と昼の分を買ってこないとな」

「っ！　あ、あの……っ！」

「うん？　沙紀ちゃん……？」

するとその時、くいっと遠慮がちに袖《そで》を引かれる。

沙紀にしては珍しい行動だった。驚きよりも困惑が先に立つ。

それは沙紀自身も同じようだったが、すぐさまその垂れ目がちな、しかし芯《しん》の強さを感じさせる瞳《ひとみ》で、スイーツを物色している姫子の背中を捉《とら》えた後、隼人と春希に向かって囁《ささや》くような声で自らの意志を告げた。

「あの、おばさんのお見舞いに連れて行ってくれませんか？」

コンビニで買い物を済ませた後、姫子と沙紀と別れ、春希と2人で高校までの通学路を歩く。

時折ゴミを出す人とすれ違い、バサリという羽音が聞こえてくる。

集積所近くの電線にカラスが止まり、鳥避けネットをどう攻略しようか思案中だ。

それ以外は静かなもので、周囲に登校している生徒も少なく、響くのはアスファルトを叩く音のみ。

騒がしかった先ほどまでとは打って変わって会話はなく、思い巡らすのは先ほどの沙紀の言葉。

正直なところ、意外だった。

しかし沙紀は妹《姫子》の幼い頃からの親友であり、母の転院が月野瀬からの急な引っ越しの原因だということを考えれば、何かしら思うところもあるのだろう。

「ね、隼人」

「うん？」

「沙紀ちゃんって今まで月野瀬でどんな風だったの？」

「どんなって……この間見ただろ？　あんな感じだけど」

「あ、そうじゃなくてさ、隼人やひめちゃんと今までどんな感じだったのかなぁって。今でこそ色々話しているけど、ずっと没交渉だったたんでしょ？」

「あー、そうだな……」

隼人は手に持っていたから揚げ棒の1つ目をぱくりと一気に口に放り込みながら、記憶の中にあるかつての沙紀の姿を思い返す。

「姫子とよく一緒だったよ。学校でも、休日でも。時々沙紀さんの家の人やうちの母さんに車を出してもらって麓《ふもと》にあるショッピングモールとかにも出掛けてたかな」

「ふぅん。隼……んんっ、ひめちゃん家《ち》にもよく来てたの？」

「んー、ちょくちょく放課後うちで一緒に雑誌広げてお喋《しゃべ》りしたり、動画見たりしてたみたいだな」

「みたい？」

「俺はその、よく畑の手伝いに出ていたから」

「そっか。……女の子だね、沙紀ちゃん」

「そうだな、姫子と一緒にいかにも女の子、って感じの遊びとかしてたかな？」

「あ、うん。…………はぁ」

そう言って春希は何とも言えない顔で苦笑し、大きなため息を吐いた。

いきなりの不遜《ふそん》ともいえる反応に隼人が「……なんだよ」と眉を寄せるも、「べっつにー？」と、明らかに何か含みを持たせた顔を返されるのみ。

しかしそれも一瞬、春希はふと顎《あご》に人差し指を当て、何かに気付いたとばかりに「あ！」

と声を上げ、にやりといつもの悪戯《いたずら》っぽい笑みを浮かべた。

「女の子っていえばさ、沙紀ちゃんって結構おっぱい大きいよね」

「っ⁉」

「さすがにみなもちゃんほどじゃないけれど、さっきどさくさに紛れて触った感じだと、うちのクラスの中でもかなりの上位、ん〜、ボクよりも2つはサイズが上じゃないかな？」

「んぇっ⁉　あーその、いや、えっと、どうなんだろう……って、何やってんだよ⁉」

「ふひひ」

ふと沙紀のそれはどうだったかなと思い出そうとして、慌ててその不埒《ふらち》な考えを追い出そうと頭《かぶり》を振った。

沙紀とは妹の友達であり、親友の兄という近くて遠い間柄——だったからこそ、今までそういう目で見ようとしなかった。してこなかった。

しかし最近は状況が変わってきている。それも、急激に。

顔を合わせる回数、会話を重ねる頻度、それらは今までとは比べられないほど増えた。

そして今まで見たことのなかった様々な一面を見せてくれており、ドキリとすることも多い。だから、妙な意識をしてしまうのは避けたいところだ。

隼人は眉間に皺を寄せたまま、難しい顔でから揚げ棒の2つ目を頬張る。

　すると春希の視線がから揚げ棒に注がれていることに気付く。

「……春希？」

「朝ごはん、それにしたんだ？」

「いや、これとは別にチョコデニッシュ買ってる、というか元々こっちは買うつもりはなかったんだけどな、前に並んでた人が買っててさ、美味《おい》しそうでつい釣られちゃって」

　隼人が少し気恥ずかしそうに答えれば、春希も同じく少し気恥ずかしそうな表情を作る。

「へぇ……ボク、ホットスナックの類って買ったことないんだよね」

「うん？　なんでさ？」

「レジの前だからどれにしようかじっくり選びにくくし、あと店員さんに話しかけるのって苦手でさ」

「ふぅん、意外だな。けっこうイケるぞ、1こ食べてみるか？」

「…………ぇ？」

　そう言って隼人が食べさしのから揚げ棒を差し出せば、春希は目をぱちくりさせながら、隼人とから揚げ棒を交互に見やる。

　意外そうな顔だった。この話の流れで分けないとでも思っていたのだろうか？

（食い意地の張ってる姫子じゃあるまいし……）

抗議の意味も込めて渋い顔を作れば、春希は慌てて目の前のから揚げ棒に噛《かじ》り付いた。

「ん、思った以上に衣がサクサクしてる。味付けもしっかりしてるし、何よりあったかいのがいいね」

「ははっ、だろ？」

隼人は美味しそうにしている春希を横目に、残りの分を平らげる。

すると春希はそのタイミングを見計らったかのように、一歩前に出る。そして後ろ手に組んだ背中越しに、どこか拗《す》ねたような声で呟《つぶや》く。

「隼人ってさ、ボクのこと女の子として見てないでしょ？」

「へ？」

「間接キス」

「っ⁉　あ、いや、これはその……」

春希の指摘で初めてそのことに思い至り、思わずドキリと胸が跳ねる。足が止まる。

手に持つ串《くし》を眺めながら、昔はよくラムネの回し飲みをしただとか、麩《ふ》菓子やアイスでもよく同じようなことをしただとかを思い返してそう言おうとするものの、それははるきであって春希ではない。

思考がぐるぐると空回り、考えれば考えるほど顔が熱を帯びていく。ジリジリと残暑を振《ふ》り撒《ま》く太陽が、２人の間に流れる何とも言えないふわふわとした空気を焦がす。

「な、なんてねっ！」

するとやがてこの空気に耐えられなくなったのか、隼人同様耳まで真っ赤に染めた春希が振り返り、そしてこれでおしまいとばかりにチロリと舌先を出す。

「照れるなら最初からやるな！」

「いやー、ボクの中の何かが、お約束を回収しとけって囁きまして」

「……ったく」

隼人もそれに乗っかり顔を見合わせ、昔、悪戯がバレた時のような顔であははと笑う。

そして改めて高校を目指すのだった。

校門を潜れば、グラウンドの方から運動部の朝練のかけ声が聞こえてきた。

進学校ということもあり、特に部活に力を入れているわけではない。

それでも皆が一丸となって好きなものに打ち込む姿はキラキラと輝いている。

「二階堂《にかいどう》さん、おっはよーっ！　ちょっといいかなー？」

「っ！　おはようございます、先輩。えっとなんでしょう？」

その時背後から、勢いよくやってきた女子生徒に元気な声を掛けられた。反射的に、春希の纏《まと》う空気が凛《りん》としたものに、学校で擬態している優等生モードのそれに変わる。

振り向けば、そこには何度か春希に用事を持ってきたことのある2年女子の先輩。

何か用事があるのだろう。邪魔にならないよう、隼人はそっと1歩距離を空けた。

「気が早いと思うかもだけどさ、再来月の文化祭に向けてちょこちょこ手伝ってほしいことがあるんだ。今日のお昼、空いてる？」

「はい、大丈夫ですよ白泉《はくせん》先輩。でも私――」

「わ、ありがとーっ！　生徒会室で待ってるから！」

「――ぁ」

そう言って白泉先輩は、何かを言おうとした春希を置いて駆け足で去っていく。

慌ただしい人だった。残された2人は、顔を見合わせ苦笑い。

「ボク、部活入ったたって言おうと思ったんだけどなぁ」

「まぁしょうがない。俺たちも花壇の方に行くか」

「そうだね」

校舎裏手にある園芸部の花壇を目指す。

人気はなく、陽当たり良好。

そこではくりくりの癖っ毛をハーフアップに纏めた髪が、ぴょこぴょこと忙しなく揺れていた。

　こちらにやってきた隼人と春希に気付いたみなもは、作業の手を止め、顔を上げる。

「隼人さん、春希さん！」

「おはよー、みなもちゃん。今日もその髪型なんだ？」

「はい、少しまだ気恥ずかしいというか、クラスで揶揄《からか》われることもありますが……変じゃないでしょうか？」

「ううん、全然！　前よりも似合ってるよね、隼人？」

「あぁ、以前も言ったけど、すっきりして綺麗《きれい》な感じで品があるよ」

「あぅぅ～」

　２人に褒められたみなもは頭から湯気を出しつつ俯《うつむ》き、そして人差し指で髪をひと房くるくるしてはにかむ。

　新学期になってからみなもは、髪型を隼人の母真由美《まゆみ》によく弄られていたものへと変えていた。

　まだ慣れていないのか少し気恥ずかしそうにしている様子は可愛らしく、思わずドキリとしてしまった隼人が慌てて目を逸らせば、どこか面白そうな顔をした春希と目が合い、誤魔化すようにガリガリと頭を掻《か》き話題を変える。

「っと、こないだ植えたジャガイモの芽掻きしてたのか。手伝うよ、みなもさん」

「あ、ボクも！」

「ありがとうございます！」

畝からは等間隔に、いくつかまとまって芽がにょきにょきと顔を出していた。

それらのうち太く大きいものを1つか2つ残し、引き抜いていく。片手で株の根元の地面を押さえ、根こそぎ間引くのがちょっとしたコツだ。

そのことを教え、手分けして芽掻きをしていれば、ふと春希が「あ、そうだ！」と何かに気付いたとばかりに声を上げた。

「お祖父ちゃんの退院近いんだって？　よかったね、みなもちゃん！」

「はい！」

そんな話をしているうちに、手分けしていた芽掻きが終わる。

ふぅ、と手の甲で額の汗を拭《ぬぐ》えば、神妙な顔をしている春希が目に入った。

「どうした？」

「いやさ、引き抜いた芽がちょっともったいない、可哀そうだなぁって」

「あはは、確かに。栄養を行き渡らせるため仕方ないのはわかるんですけど……」

「なら、別のところに植えてみるか？　本元ほどじゃないけど、十分に育つぞ」

隼人は苦笑しつつ、作付けの際に使う肥料を取りに行くのだった。

そして早速とばかり移植ごてを片手に、畝の空いている場所へと向かっていく。

驚きの声を重ねる春希とみなも。

「「えっ⁉」」

移植ごてで穴を掘り、そこに肥料を敷いて土をかぶせ、選別した芽を植えていく。それほど数が多くないこともあって、3人で手分けをすればほどなくして作業も終わる。

「これでよし、と。はい、おしまい」

「本当にこれ、育つんでしょうか？」

「ん～、今日の放課後とかは、一様に干からびたみたいになってると思う。それでも案外根付くぞ。たくましいからな、こいつら。まぁ種芋ある奴よりかは小ぶりになるけど」

「そうなんだ。詳しいね、隼人」

「実は昔、勿体《もったい》ないと思って試してみたことがあってな」

「へぇ……隼人さん、やっぱり将来は農業関係の道に進むんですか？」

ふいにみなもがそんなことを聞いてきた。

一瞬、ビクリと頬が引き攣るのを感じる。

そして先日、春希に月野瀬に戻るのかと問われたことを思い出す。

「えーと、それは考えたこともなかった。うちは別に農家ってわけじゃないし、ただ、そういうのに触れる機会が多かったってだけで……」

「そうなんですか？　あ、肥料とかの片付け、私がしておきますね」

みなもはちらりと隼人と春希の鞄《かばん》に視線をやり、道具を集め出す。

なんてことはない、ちょっとした世間話の延長として振った言葉だったのだろう。そこで話はおしまいとばかりに、早々に去っていく。

「んじゃ、ボクたちも行こっか」

「あぁ」

鞄を掴《つか》み、連れ立って校舎裏手から正門へと向かう。

その道すがら見えるのは、朝練が終わって校舎や部室棟へと吸い込まれていくたくさんのジャージ姿たち。

グラウンドからは野球、サッカー、陸上、テニス。

体育館からはバスケに卓球、バドミントン。

皆、様々な部活に青春を捧《ささ》げている。

そんな彼らの中に、ふと一輝《かずき》の姿が見えた。同じサッカー部員たちと談笑しながら部室に向かっている。

その表情は爽快《そうかい》さを含む、喜びに彩られていた。きっとそれだけ、サッカー自体が好きなのだろう。

——一輝は将来、サッカー選手になるつもりなのだろうか？

ふとそんなことを考え、すぐさま否定するかのように頭を振った。

この高校は進学校であり、スポーツ強豪校ではない。

サッカー部だって、インターハイの地区予選2回戦で健闘すればいいところと聞く。

一輝が上手いといっても、それは所詮《しょせん》平均的な高校生と比べて上という程度。プロで通用するレベルじゃない。そんなの、本人だってわかっているだろう。

そう、隼人の農業知識と同じように。

きっと将来は他の多くの生徒と同じように進学し、どこかへ就職するはず。

大体、そんな先のことなんてまだ深く考えてもいないだろう。そもそも将来の自分がどうなっているかさえも想像できない。

人は変わってしまうということを知ってしまったから、なおさら。

ちらりと隣を歩く春希に目を移す。

かつて並べた肩の位置には頭があり旋毛《つむじ》が見え、そこから長くサラサラの黒髪が伸びている。身を包む女子の制服からはスラリとした手足。すべすべの素肌も艶《なま》めかしい。

変わってしまったのは見た目だけではない。

月野瀬で春希が唄《うた》った時のことを思い出す。

皆が言葉もなく、春希が作り出す世界に呑《の》み込まれ魅入られていた。

唄が上手いことや振付が出来ることは、カラオケで知っていた。

しかしあれは最早、身内で盛り上がるとかそういう次元ではない。

春希の特技だろう。

それこそ、プロの世界でも通用するほどの。

——田倉真央《たくらまお》。

現代を代表する大女優の1人。

その、私生児。

あぁ、なるほどと納得する自分がいる。

春希は一体、将来は何になるのだろうか？

そのことを考えると、ふいに背筋に氷柱《つらら》を差し込まれたかのように、ゾクリと身震いをしてしまった。

足が止まる。

すぐ傍にいるはずの春希が、やけに遠くに感じる。何かを確かめようと、ビクリと手が動き――

「隼人、どうしたの？」

少し前を行く春希が、きょとんとした顔で振り返った。

一瞬驚くも、伸ばしかけた手でがりがりと何かを誤魔化すように頭を掻く。

「っ！　あぁいやその、一輝が見えるなって」

「……海童《かいどう》？」

春希の声が、あからさまに不機嫌ですといったものに変わる。唇を尖《とが》らせる。

ドキリとした隼人は、慌てて言葉を紡ぐ。

「なんていうかさ、運動部だったら春希と一緒の部活は出来なかったなぁって思って」

「うん？　……あー、確かに」

「だろ？」

グラウンドに目をやれば、男女別のグループで移動する朝練終わりの運動部の生徒たち。

高校生ともなれば男子と女子で体格が明らかに違い、男女で分かれるのも当然だ。

春希は何とも言えない表情で自分の姿と隼人の姿を見比べ、そして「そうだね」と曖昧《あいまい》に笑った。

昇降口は多くの生徒を呑み込んでいた。

隼人と春希もその流れに乗り、上履きへと履き替え教室へと続く廊下へ出る。

すると目の前に、見覚えのあるスラリと背の高い女の子の姿が見えた。伊佐美恵麻《いさみえま》ともよく一緒にいる、バスケ部のクラスメイトだ。朝練からの帰りなのだろうか、ジャージ姿で、何やら重そうに段ボールを運んでいる。

「うん？　アレは……」

「確かうちのクラスのバスケ部の……」

「俺ちょっと行ってくる」

「あ、隼人っ！」

素早く彼女の下へと駆け寄った隼人は、ひょいっとばかりに段ボールを取り上げた。あまり大きくない見た目に反して、ズシリとした重さが手に伝わってくる。

「俺が持つよ。って、結構重いな。何入ってんだろ？」

「き、霧島くん!?　えっと、過去の試合の資料とか、そういうので色々」

「なるほど、紙か。それで、どこ持って行けばいい？」

「あ、その、資料室。印刷室の隣にあるところだけど……」

「あぁ、あそこ。校舎の北の端か……よっ、と！」

　ここからだと結構距離があるところだった。改めて段ボールを持ち直し、気合を入れて目的地へと足を向ける。

　すると少しの間の後、背後からパタパタと2つの足音が聞こえてきた。

「わ、悪いよ霧島くん！　うちの部活のことだし、それ結構重いでしょ⁉」

「いいからいいから。それにこれ、玉ねぎやジャガイモほどじゃないしな」

「で、でも……」

「うーん、こういうの習慣なんだよな。ほら、田舎でこういう時に見て見ぬふりをしちゃうと、あっという間に噂が広がっちゃって後ろ指さされるからさ」

「ふふっ、こういう時の隼人くんって強情だから、諦《あきら》めた方がいいですよ」

「に、二階堂さん。そ、そうなんだ……」

　どこか申し訳なさそうな顔をする彼女。春希はそんな彼女を宥《なだ》めるものの、ちらりとこちらに向ける表情は、どこか呆《あき》れたものだった。

　とはいうものの、これは長年染み付いた性分だから仕方ない。

　そして3人並んで歩いていると、ふと違和感を覚えた。

　なんだろうと思い春希と、そして彼女を確認するかのようにジロリと見やる。

するとと隼人の視線を受けた彼女は、少し気恥ずかしそうに身を捩《よじ》った。

「え、えっと……？」

「あ、もしかして前髪切った？」

「っ⁉　よくわかったね⁉」

「なんか昨日までよりスッキリ明るくなった感じがしてさ。似合ってるよ」

「あ、ありがと……」

「ふーん、隼人くん、またナンパですか？」

「ち、違ぇ！　ほら姫子――妹がそういうのにうるさくてさ、気が付かなかったら不機嫌になるし、それで」

「なるほど、妹さんに調教された結果と」

「っておい、言い方！」

「つーん」

「……ぷっ、あははははははっ！」

そんな2人のやり取りを見て、彼女は可笑《おか》しいとばかりに笑いだす。今度は隼人が恥ずかしさから身を捩らす番だった。

そして彼女は隼人と春希の顔を交互に見やり、少し揶揄《からか》うような調子で言葉を紡ぐ。

「霧島くんってさ、ホント細かいところに気が付くし、さりげなく助けてくれるところあるよね？」

「え、そうか？　普通じゃない？」

「その普通が出来る人がなかなかいないんだって。霧島くんって女子の間で何気に評価高いよー？　今のもそうだけど、この前むぎちゃんのカーディガンのボタン繕ってあげてたよね、自前のソーイングセットで。あの時は、あんなの持ち歩いてるんだ、って盛り上がったよー」

「え、皆鞄の中に入れとかない？　裾《すそ》がほつれてたり、靴下に穴が空いてたりするの気付いた時に、パパッと直せて便利だし」

「はぁ……そんなのおかんっぽい隼人くんだけです。女子でさえあまり持ち歩かないのに、男子で持ち歩くなんて、滅多に耳にしたことありません」

「あはは、確かに霧島くんっておかんぽいところあるかも！　あ、もしかして飴《あめ》とか持ち歩いてたりしない？」

「あるよ、ていうかさっきコンビニで買って来た。舐《な》める？」

「あはっ、あはははははっ、やっぱりおかんだ！　……っと、着いたね」

そうこうしているうちに、資料室へと着いた。

彼女は素早く手が塞《ふさ》がっている隼人の代わりに扉を開け、中へと身体を滑り込ませる。そして乱雑にいくつもの書架がある部屋の中を迷いなく進んでいき、とある空きスペースを指差しながら手招きした。隼人はそこへ段ボールを置く。

「よっと、これでいい？」

「うん、ばっちり。助かったよ」

「どういたしまして」

隼人はにこりと微笑み、これでお役御免とばかりにパンパンと手を払い、素早く資料室を後にする。

すると廊下に出たところで彼女が「う～ん」と唸《うな》りながら隼人と春希の顔を見て、そして少し困ったような顔で、努めてなんてことない風に呟《つぶや》いた。

「霧島くんってさ、もし二階堂さんが近くにいなかったら結構モテたかもねー」

「は？」「へ？」

間抜けな声が2つ重なる。

彼女はそんな2人に目を細め、身を翻す。

「それじゃ私、部室の方に報告に行くから！」

そう言って彼女は足早に去っていく。

後に残された2人はしばし呆《ほう》けていたものの、やがて我に返った春希が訝《いぶか》し気に隼人を見回す。

「隼人がモテる、ねぇ……？」

「……なんだよ」

「べっつにー？」

そして何とも言えない空気の中、隼人は気恥ずかしそうにガリガリと頭を掻《か》いた。

教室に着くと何人かの女子たちが固まり、何かの話で盛り上がっていた。

「やっぱ秋物はレパートリーが増えるのもいいよね！」

「夏と違ってアウターやブーツといったアイテムも増えるし拘りたいし！」

「この夏ダイエット成功したし、新規開拓もしたいんだよねー」

「ていうかMOMOのスタイルやばくね？」

「はぁ、愛梨《あいり》って何着ても似合うの反則だわ……」

「このインタビュー記事の、MOMOが通販でベルト頼んだはずがカニが届いたってのチョーウケるんですけど！」

「それを愛梨がひたすらカニクリームコロッケにしたってのもじわる」

どうやら雑誌を中心に、秋物の話をしているらしい。

愛梨という単語にピクリと眉《まゆ》を動かしつつ、先日姫子も秋物がどうこうと言っていたことを思い出しながら、自分の机へ鞄《かばん》を置く。

するとほぼ同時に女子グループで盛り上がっていた伊佐美恵麻が、春希のところへとやってきた。

「ね、二階堂さんは秋物どうするの？」

「へ？」

「二階堂さんスタイルいいし、何でも似合いそうだよね」

「え、えっとその……」

いきなり話を振られて困惑する春希。

この手の話題は相変わらずまだまだ苦手のようで、目を泳がせつつ助けを求めるようにこちらを見てくるが、隼人に何かできることがあるはずもなく、小さく肩をすくめ返すのみ。

「あ、二階堂さん！　ね、ね、この中で二階堂さんが選ぶとしたらどれ？」

「ていうか、二階堂さん的にあーしに似合うのってどれだと思う？」

「わ、それ気になるーっ！」

そして伊佐美恵麻に引き続き他の女子たちもやってきて、逃すまいと春希を囲む。

彼女たちに捕まった春希はマスコットのように弄られながら、時折「みゃっ⁉」と鳴き声を上げる。

隼人が心の中で合掌して苦笑を零していると、伊織《いおり》がひらりと手を上げながらこちらへやってきた。一輝も一緒だ。朝練のせいで少々肌を上気させている。

「よ、今日はちょっと遅いのな」

「あぁ、少し寝坊しちゃってな」

「例の巫女《みこ》ちゃんへのお礼考えてて夜更かししたか？」

「違ぇよ。でもそれもまだなんだよなぁ……どうしたものか」

「いつまでもなぁなぁで引き延ばすと、タイミング見失うぞ？」

「うぐっ」

隼人が息を詰まらせると、一輝と伊織が揶揄うように笑い声を上げた。

ここ最近、伊織と一輝には、月野瀬で風邪で倒れた時お世話になった沙紀へのお礼について相談している。だが、未だ妙案は浮かんでいない。誕生日プレゼントを貰《もら》ったこともあり、ハードルが上がってしまった気もして、頭を悩ませる。

丁度その時、予鈴が鳴り響いた。

話はここでお終いと打ち切られ、周囲もそれぞれ自分の教室や席へと戻っていく。

隼人も自分の席へと座り、隣で自分の席へ逃れられ胸《むね》を撫《な》で下《お》ろす春希を見て、何とも言えないため息を吐いた。


昼休みになった。

チャイムと共に教室はたちまち喧騒《けんそう》に包まれ、授業からお昼の様相へと塗り替えられていく。

隼人は教材をしまいつつ、さて今日のお昼はどうしようかと考えたところで、隣の席の春希がスッと立ち上がった。そういえば生徒会の用事を頼まれていたなと思い出し、慌てて後を追うように席を立つ。

「今朝、頼まれていた件か？　俺も手伝うよ、さっさと終わらせようぜ」

「隼人くん……はい、お願いしますね！」

教室で他の人の目があるためか、優等生モードで応える春希に苦笑していると、廊下の方からやけに大きな呼び声が聞こえてきた。

「二階堂はいるか⁉」

教室の前にいるのは、髪を金色に染め上げ制服をだらしなく着崩し、どこか尊大な態度でオラつく生徒。上履きの色から、2年生だというのがわかる。しかし当然ながら彼の顔には見覚えがない。

それは春希も同じのようで、知り合いかと視線を投げかけるも、ふるふると顔を振るのみ。

あまり関わりたくない人種だった。

しかし名指しされた以上、無視するわけにもいかない。

春希は改めていつもの優等生の仮面《猫》を被り直し、彼の前へと出る。

「私に何の用でしょうか？」

「あー……その、いいからこっちへ来い」

「きゃっ！」

すると彼は、強引に春希の手を引いた。

よろめき躓《つまず》きそうになりながら、引っ張られる春希。

いきなりのことで唖然《あぜん》とする周囲。

そんなどこか逼迫《ひっぱく》した空気の中、振りほどこうとしてもそれが叶《かな》わず、されるがままになっている春希を見た隼人は、一瞬にして頭が沸騰してしまう。

「っ、春希！」

気付けば反射的に駆け出し、彼を突き飛ばすような形で無理矢理春希を引き剝《は》がして背中に庇《かば》う。

「てめ、なにしやがる！」

「それは俺のセリフだ！」

彼はそんな言葉と共に、邪魔をした隼人を睨《にら》みつけながら胸倉に摑《つか》みかかってくる。

力も強く、迫力もあってたじろいでしまいそうだ。

しかし後ろにいるのは、先ほど連れ去られそうになった春希。そのことを思えば、怯《ひる》んでなんかいられない。

腹に力を込め、睨み返す。

「どけ、1年！　二階堂に話があるんだよ！」

「なら、ここで言えよ！」

「チッ……うぜぇ、てめぇ二階堂の何なんだよ！」

「春希は俺の、大切なトモダチだ！」

「っ！」

必死になって叫ぶ。

何か譲れないものがあった。

するとその時、背後からすぅっと息を吸う声が聞こえ——

「あの、いいですか？」

凛《りん》とした声が、隼人と彼が発する剣呑《けんのん》な空気を切り裂いた。

存在感のある声だった。その一言で、周囲が静寂へと塗り潰《つぶ》されていく。

思わず彼も手を放す。視線が春希へと集まる。

隼人からも、彼からも。もちろん廊下や教室にいる周囲の皆からも。

誰しもが固唾《かたず》を呑《の》んで見守る中、春希は楚々《そそ》とした嫋《たお》やかな笑みを浮かべたまま、一歩前へと身を躍らせ、唄《うた》うように言葉を紡ぐ。

「私を好きになってくれてありがとうございます。でも、ごめんなさい。私、先輩みたいな人、ちょっと生理的に無理です」

「っ⁉」「なっ、えっ……あ……っ⁉」

そしていきなり彼をフッた。

笑顔で、それも厳しい言葉で、にこやかに。

一体彼が春希に何の用があったのかはわからない。

だがその言葉によって、春希に告白した彼が手酷く振られるという状況が作り出されていた。

――全て、春希の演技《計算》によって。

春希は言葉をしどろもどろにさせ後ずさる彼に、そんなこと知ったことかとばかりに追い打ちをかける。

「髪色も下品だし、ジャラジャラさせてるピアスも趣味が悪いし、オシャレのつもりなのか着崩している制服もだらしないだけです。それから今時ズボンをずり下げているのも――失礼、そこはただ短……ご、ごめんなさい」

「なっ、てめ……っ⁉」

するとすると周囲からも「なんか強引に迫った方が女が喜ぶとか思ってそう」「いるよね、夏休みではじけちゃって、妙な勘違いする人」「うわ、確かに足アレだけど、二階堂さん辛辣《しんらつ》……くすっ」「そもそも見た目釣り合ってないし、何考えてんだろ？」といった、軽蔑《けいべつ》、憐憫《れんびん》、嫌悪の色が混じる囁《ささや》き声や視線が彼を刺す。彼の顔が、羞恥《しゅうち》でどんどん赤くなっていく。全ては春希の手のひらの上だった。

「～～～っ、だ、誰がこんな女――」

彼は腹いせに春希へと摑みかかろうとするものの、今度はその動きを予測して構えていた隼人が、すかさず春希の手を取り引き寄せれば、虚しく彼の手が空を切る。

「行こう、春希。昼食いっぱぐれないよう、さっさと用事終わらせようぜ」

「っ！　は、はいっ、隼人くんっ！」

「――ま、待てっ」

そして彼にはもう用がないと、目にもくれず生徒会室へと足を向けた。

背後で沸き起こるくすくすと彼を笑う声を耳にしながら、小声で春希が「ナイスフォロー、隼人！」と言えば、隼人も「おうよ、相棒！」と返す。

足早にその場を離れることしばし。

やがて周囲に人気がなくなってきた頃、ふと春希がなんてことない風に呟《つぶや》いた。

「ん〜隼人ってさ、やっぱり時々強引だよね」

「そうか？　あ、いやでもさっきのアレは……」

「でもそれがさも当然って感じで、今朝もそうだったけど、さり気なく色んな所で助けちゃったりしてるもんだからさ——もしかしたら、そういうところに惚《ほ》れちゃう女の子、いるかもね」

「……春希？」

思わず足を止める。

振り返り、どういう意図があるのかと見つめる。

「いきなりなんだよ？」

「なんなんだろうね？」

そう言って春希は、少し困った顔で曖昧《あいまい》な笑みを浮かべた。

第3話　真っすぐで、素直な言葉

終業を告げるチャイムが鳴った。

それと同時に教室だけでなく学校全体が喧騒に包まれていき、退屈な授業からの解放を謳《うた》う。

隼人《はやと》がノートや教科書を鞄《かばん》に詰めて学校を出る準備をしていると、スマホにメッセージが届けられていることに気付く。

『お見舞いの待ち合わせですが、こちらの方が先に終わると思いますので、高校の下見も兼ねてそちらの方へと向かいますね』

沙紀《さき》からだった。今朝頼まれた件だ。

その時、隣からくいっと軽く袖《そで》を引かれる。

「春希《はるき》？」

「沙紀ちゃんからメッセージ来てる？」

「あぁ」

スマホを片手に持った春希と目が合うと、苦笑しながら小さく頷《うなず》き返す。どうやら春希のところにも沙紀からのメッセージが届いているらしい。グルチャを使わなかったのは、姫子《ひめこ》に配慮してのことだろう。

どちらからともなく連れ立って昇降口へと向かう。

すると近付くにつれ、ざわつく声が聞こえてきた。

「わ、あの子すごく可愛くない⁉」

「肌白っ！　あの制服って近くの中学の？」

「誰か待ってるのかな？　もしかして彼氏？」

「おい、お前ちょっと話しかけてこいよ」

「いやいやレベル高すぎてちょっと……それにオレ、年上が好みだし！」

彼らの視線は悉《ことごと》く校門の方へと向けられている。

そこにいたのは、多くの視線を集めて心細そうな顔でオロオロしている沙紀だった。どうやら想像以上の注目を浴びてしまい、肩身が狭そうにしている。

それを見て、思わず春希と顔を見合わせ苦笑い。

「隼人、駅前で合流しよっか」

「おぅ、わかった」

そして春希は片手を振りながら、沙紀の下へと駆けていく。

「おーい、沙紀ちゃーん」

「あ、春希さん！」

春希の姿に気付いた沙紀も、パァッと表情を輝かせながら駆け寄り、ぎゅっと手を取り合う。見目麗しい少女が２人、きゃいきゃいと嬉《うれ》しそうに何かを話して笑顔を咲かせている様は微笑ましく、見ている方も頰が緩む。

もし隼人がこの衆人環視の中、あの２人の間へと入っていけば、阿鼻叫喚《あびきょうかん》の大騒ぎになることは想像に難くないだろう。そのことを思うと胸が少しばかりもやもやするものの、こればかりは如何《いかん》ともしがたい。

その時、春希が急にこちらへと振り返り大きく手を振った。その顔はどこか、いつもの悪戯《いたずら》っぽい笑みを浮かべている、ような気がする。

すると昇降口の皆が、「「「おぉ！」」」とにわかにざわつき出す。

そして沙紀とも目が合った。

沙紀もはにかみながら小さく手を振れば、周囲はさらに沸き立ち、ややあって春希と共に去っていく。

後に残された隼人は「二階堂《にかいどう》さんと並ぶと絵になるね！」「後輩かな？　あの間には入れねぇ！」「百合《ゆり》の間に挟まれる男は許さん！」といった言葉が飛び交う中、口元を引き攣らせる。

するとその時、ポンッと肩を叩《たた》かれた。

振り返ると一輝《かずき》が、やぁっと片手を上げている。

ジャージ姿なところを見るに、部活へ行くところなのだろう。

「可愛らしい子だったね、隼人くん。もしかしてあの子が例の巫女《みこ》さんかな？」

「そうだよ、今日ちょっと用があって待ち合わせしててな」

「へぇ、それでわざわざ迎えに来てくれた、と」

「いや、うちの高校が志望校だからさ、下見も兼ねて見に来て……それで、これだ」

隼人がやれやれと肩を竦《すく》めてざわつく周囲に視線を走らせれば、一輝はやけに顔をにこにこさせながら口を開く。

「うーん、それだけかな？」

「一輝？」

「ほら、一刻も早く隼人くんに会いたかった、とか」

「…………は？」

思わず間抜けな声が出る。

沙紀がわざわざ会いに来るなんて、思ってもみないことだった。そもそも今まで没交渉で、よく話すようになったのはごく最近のことなのだ。

わけがわからないという顔でぐるぐる思考をこんがらがらせていると、ふいに一輝があははと声を上げて、さもおかしそうに笑う。

「一輝っ！」

そこで揶揄《からか》われたなと気付いた隼人は顔を真っ赤にして、こなくそと一輝に手を伸ばすものの、ひらりと躱《かわ》される。

「おっと、僕は部活に行ってくるよ。隼人くん、またね！」

「あ、おい！　……ったく」

そして空を彷徨《さまよ》う伸ばした手で、ガリガリと熱くなっている頭を掻《か》いた。

駅前にある、小さな商店街の入り口、そこで春希と沙紀が待っていた。

2人の姿を見つけた隼人は、片手を上げながら合流する。

「っと、お待たせ。沙紀さんはとんだ災難だったな」

「あはは、ひめちゃんが来た時も結構な騒ぎになったよねー」

「やはり中学生が来ると目立つんでしょうか……」

「ん〜、そういや今まで他校の人が姿を見せたことってないなぁ」

「逆に考えてみてよ、もしボクたちが沙紀ちゃんの中学に行って待ってたら、何事って騒ぎにならない？」

「あ、確かに。それにこっちは人が多いし騒ぐ人も多くなりますよね。この駅前も、すごい数の人だし……」

そう言って沙紀は駅前の商店街へと目を向けた。

駅舎を中心に背の低いビルが建ち並び、こぢんまりとした飲食店、喫茶店、居酒屋、コンビニ、パン屋、本屋、不動産屋にクリーニング屋、会計事務所といった各種様々なチェーン店や個人商店が軒を連ねており、ちょっとしたものならある程度ここで揃《そろ》いそうだ。

それを証明するかのように駅舎から吐き出される人々が、帰宅のついでとばかりに利用して賑《にぎ》わっている。

それを見た沙紀は目をぱちくりさせながら、しみじみと言う。

「ふわぁ、駅前には初めて来ましたけど、すごい数の人ですねぇ……」

「あぁ、この時間帯は平日でも特にな。俺も用がなきゃ滅多に来ないよ……その、人混みに酔いそうになるから」

「あはは、わかります。春希さんは、どうなんですか？」

「うん？　ボクはちょくちょく来てたよ。ほら牛丼チェーン店ってさ、アニメとよくコラボしているからね！」

「春希……」「あ、あはは……」

残念な理由で笑いを誘う春希。

すると隼人は、あれ？　と小首を傾げた。

「来てた、ってことは最近来てないのか」

「今は隼人ん家《ち》で食べることが多くなったからね」

「あー……今度コラボがあったら言ってくれ、何かしら手伝うよ」

「ふふっ、じゃあその時はお願いね」

その時、遠くからカンカンカンと踏切が鳴るのが聞こえてきた。遮断機が降ろされていく様を見た沙紀が、「あっ！」と焦った声を上げる。

「春希さん、お兄さん！　電車、電車が来ますよ！」

「そうだね……って、沙紀ちゃん？」

そう言って踏切を指差し春希の制服の裾《すそ》を掴《つか》み、走らなきゃと急かす沙紀。

春希はどうして沙紀が気を揉《も》んでいるのかわからず、小首を傾げる。

しかしそんな沙紀に思い当たる節のある隼人は、努めて優しい声で宥《なだ》めすかす。

「沙紀さん、大丈夫。こっちはこの時間帯なら1時間に10本以上電車が来るから」

「……えっ⁉」

そして沙紀は、今度は驚きの声を上げて固まった。


郊外の方へと電車に揺られること2駅分。

改札を抜ければ、そこからでも白亜の大きな建物がよく見えた。学校よりも大きなそれは、都会でも類を見ないほどの規模を誇る。独特の威容を放つ様は堅牢《けんろう》な砦《とりで》か、はたまた厳重な牢獄《ろうごく》か。

隼人の胸中は複雑だった。

病院を見るたび、未だ表情が少しばかり歪《ゆが》む。春希も同様に眉《まゆ》を寄せている。

そして沙紀は、どこか神妙な声でポツリと呟《つぶや》いた。

「こちらの1駅分の距離って、すごく短いんですね……」

少し場にそぐわないその言葉に隼人は目をぱちくりとさせ、思わずふふっ、と吹き出した。

すると沙紀は自分が何か変なことを言ったのかと思い、同じく目をぱちくりさせ、頬を染めてそっと目を逸らす。

「あははっ、確かにそうだな。こっちは電車の数だけじゃなくて駅も多いらしい」

「ボクたちもこの近くでバイトしているけど、来る時はもっぱら徒歩だよー。ほら、あそこ」

「わぁ！」

そう言って春希は駅から少しばかり離れたところにある、純和風の大きな店を指差す。

周囲には秋を先取りする和菓子ののぼり旗がはためいており、今もまたそれに誘われるかのように2人連れの女性客が吸い込まれ、御菓子司《おかしつかさ》しろの銘が打たれた紙袋を持つ年嵩《としかさ》の男性が吐き出されるところだった。バイトをし始めて気付いたことだが、意外と病院へのお見舞い品として和菓子を買っていく人も多い。繁盛も納得だ。

沙紀は御菓子司しろを目をきらきらと輝かせながら見ていた。どうやら姫子同様、ああいった類のものが好きらしい。

とはいうものの、今日の目的はお見舞いである。

隼人は苦笑しつつ、病院へと促し歩き出す。

隣の大きな道路ではバスやタクシー、そして色んな種類の自家用車が病院へと吸い込まれていく。きっと隼人たちのように、お見舞いに行く人も多いのだろう。

内と外との境界を表す病院の入り口の門が近付くにつれ、次第に気が張り詰めていくのか、皆の口数が減っていく。少しばかり空気も重い。

そんな中、沙紀が少し躊躇《ためら》いがちに口を開いた。

「姫ちゃんはやっぱり、その……」

「……あぁうん、まぁ想像通り。その、今日姫子は……？」

そこも気になっているところだった。

一体どう言い訳してこちらにやってきたのかと思っていると、沙紀は何ともいえない表情で、どこか言いにくそうに言葉を紡ぐ。

「えっと姫ちゃんはその……提出した夏休みの課題に不備があって、居残りです……」

「あの、バカ……」

「ひめちゃん……」

互いに顔を見合わせ困った笑いが広がれば、張り詰めた気も少し解れたのか空気も緩む。

やがて辿《たど》り着《つ》いた病院の入り口やその周辺は、光を多く取り込むためか一面ガラス張りになっており、うっすらと隼人たちの姿を映しつつ内部を曖昧《あいまい》に覗《のぞ》かせている。

2つある自動ドアの片方へと向かうと、丁度ドアが開き、病院の方から出てくる人と鉢合わせして――春希が「あっ」と小さく悲鳴のような声を上げて息を呑《の》んだ。相手も春希を見て大きく目を見開き、固まっている。

隼人は反射的に春希を背に隠す形で間に入り、彼を睨《にら》んだ。

年の頃は30を過ぎているだろう。スラリと背が高く、涼し気で端整な顔立ちは、一度見れば印象に強く残るだろう。事実、見覚えがあった。いつぞや病院のロビーでいきなり春希の手を取った男だ。少しばかり、眉を寄せる。

確かあの時は春希を誰かと勘違いしたということですぐさま身を引いていた。あれ以来交流も関係も何もないはずだ。

だというのに春希は警戒心を最大限に高め、自らを守るかのように身を竦めて睨みつけている。いささか過剰な反応ではないだろうか？

すると春希の視線を受けた彼は苦笑を零し、降参とばかりに両手を軽く挙げた。

「やれやれ、随分嫌われてしまったようだ」

「……っ」

「そう身構えないで欲しい。父が入院しているんだ。結構な歳でね、あまり具合が良いとは言えなくて」

彼はここにいた理由を述べる。もっともなことだ。頭では納得できるし、きっと今回も偶然なのだろう。

しかし、どうしてか違和感を覚えた。

上手く言葉に出来ないが、彼の春希へと向ける目には親愛と厭忌《えんき》、それと期待といったものが入り混じり、複雑な想いがあるのを感じ取れる。

わけがわからない。なんともちぐはぐだ。

気さくに話す彼の声色が馴《な》れ馴《な》れしいというよりも、いっそ近しい者へと向ける色も含んでいるから、なおさら。

沙紀も一体どういう状況かと、春希や彼の顔をオロオロと見回している。

ただ1つ、彼が強く春希を思っているというのだけは感じられた。

その疑問が言葉となって、隼人の口を衝いて出る。

「アンタ、何者だ？」

「ふむ、そうだね……」

隼人に問われた彼は芝居がかった口調と所作で、顎《あご》に手を当て思案顔。

そしてちらりと春希を見やり、苦笑を零し、言葉を選ぶ。

「スカウトマン兼プロデューサー、かな」

「スカウト……？　プロデューサー……？」

「モデルとか俳優のね。佐藤愛梨《さとうあいり》やＭＯＭＯは知ってるかな？　最近だと彼女たちを仕掛けたりしたよ」

「「「っ⁉」」」

佐藤愛梨。

今をときめく人気モデルにして一輝の元カノ。

意外な名前が彼から飛び出しドキリと胸を跳ねさせるもしかし、色々と腑《ふ》に落ちるものがあった。

芸能界。

田倉真央《たくらまお》。

それらと春希を結び付けて考えれば、隼人の彼を睨む表情が、ますます険しくなっていく。

しかし彼はそんな隼人の視線をさらりと受け流し、肩を竦《すく》める。

「大丈夫、二階堂さんには既にフラれてるから何もしやしないよ。もし今声を掛けるとしたら、そちらの子かな？」

「ふぇっ⁉」「「なっ⁉」」

「ふむ……顔立ちは愛嬌《あいきょう》がある感じで、背丈は平均か少し低いのもあって、等身大の可愛いを前面に押し出した路線――モデルとかよりも、アイドルとかの方がいいかもね」

「え、えっと……」

「沙紀さんっ！」「ちょっと、何やってんの⁉」

商品を見定めるかのような視線と品評するような言葉を浴びせられれば、沙紀でなくとも身を捩《よじ》らせることだろう。

隼人と春希は沙紀を守るかのように彼女の前へと身を躍らせ、彼に向かってぐるると牙《きば》を剝《む》く。

すると彼は片手と共に白旗を上げ、謝罪を口にした。

「すまない、これは職業病のようでね。気を悪くしたなら謝るよ。これ以上君たちの心証を悪くしないよう、失礼するよ。それじゃ」

そして彼は、もうこちらに興味はないとばかりに足早に去っていく。あっという間だった。

彼の後ろ姿が見えなくなると同時に、ふぅっと大きなため息を吐く。

春希も沙紀も同様にホッと息を吐き、気を緩ませる。

「じゃ、行こうか」

「はいっ」

この場を仕切り直すかのように敢えて声を出し、病院の入り口へと足を向ける。沙紀も同意を返す。

しかし春希だけは、その場に縫い付けられたかのように留まり、険しい顔でポツリと呟く。

「ボク、あの人に名乗ったことあったっけ……」

「春希……？」

「ん、なんでもないっ！　早くおばさんのとこ、行こっ！」

「あ、あぁ……」「わわっ⁉」

その後は一転、いつもの春希に戻り、ぐいぐいと隼人と沙紀の背中を押した。

受付を済ませ、相変わらず嘘くさいまでの白と偽善的な清潔さに溢《あふ》れた院内を進み、6階へ。

最後にお見舞いに来たのはいつだっただろうか？　月野瀬《つきのせ》に帰省する前だったのは確かだ。母を訪ねる頃合いとしては、丁度良かったのかもしれない。

617と書かれた扉の前に立つ。

ノックしようとすればやけに腕が強張っており、そこで初めて隼人は自分が緊張していることに気付き、苦笑を零した。

「お兄さん?」

「いや、何でも。母さん、入るよ」

そしてノックをした後、返事を待たずに扉を開ける。

するとこちらに気付いた母の真由美《まゆみ》は編み物をしていた手を止め、大きく目を見開き、顔を綻ばす。

「あら隼人。それに……まぁまぁまぁまぁ！　はるきちゃんだけじゃなくて、沙紀ちゃんまで！」

「お久しぶりです、おばさま！」

「うちの人の話には聞いてたけど、本当にこっちに来てたのね！　急な引っ越しだったし、大変だったでしょう？　大丈夫？　ちょっと痩《や》せた？　あ、背も伸びた？」

「あはは、変わってないですよぅ」

「とにかく、会えて嬉《うれ》しいわぁ！」

「私もです！」

「そうそう、聞いてよ沙紀ちゃん！　この間から院内で噂になってるんだけど、ここにあの桜島清辰《さくらじまきよたつ》が入院してるんだって！」

「え、あの大御所俳優の!?」

春希。

「桜島清辰……？」

パァッと目を輝かす沙紀と違い、隼人は訝《いぶか》しみ小首を傾げる。そんな隼人に苦笑を零す

「あら知らないの、隼人……って無理もないわね。私が子供の頃には既にいぶし銀で鳴らしてた人だし、最近テレビとかでも見ないしねぇ」

「私はお祖母ちゃんが昔からの大ファンで、よく映画とかうちで見てたので！」

「演技が上手いだけじゃなく、その幅も広いの！」

「そうそう！　作品ごとに演じるキャラも違ってて、思いっきり笑わされる時もあれば、泣かされたり胸を締め付けられたり色々感情を揺さぶられたりして！」

「私はやっぱり、かなり古いけど詐欺師を演じた――」

「私は海辺の町の物語の偏屈な――」

隼人と春希を置いてけぼりにして、きゃいきゃいとその俳優の話で盛り上がる沙紀と真由美。親友の母《姫子》との良好で馴染《なじ》み深い関係性が窺《うかが》い知《し》れるやり取りだ。

隼人が苦笑を零せば、隣の春希が2人の話を邪魔してはいけないと、こっそりと耳打ちしてくる。

「ね、沙紀ちゃんとおばさんっていつもこんな感じ？」

「だな。これに姫子も加わる感じ」

「……そっか」

隼人の言葉に、春希は少しばかり眉《まゆ》を寄せ複雑な表情を作る。

一瞬その意味がよくわからなかったが、ふと今までの春希の境遇を考えると、ああいう風に大人と仲睦《なかむつ》まじく接する姿というのは珍しいのかもしれない。だがもしそうだとしても、隼人にはどうこうできるものじゃない。

お互い少し困った顔を見合わせる。

「ところで沙紀ちゃん今は1人暮らしなのよね……大変じゃない？　困ったことない？　ちゃんと食べてる？」

「戸惑うことはまだまだ多いけど、助けてくれる皆様のおかげでなんとかなってます。夕飯だって、毎日お兄さんが作ったもののご相伴に与《あずか》ってますし」

「あら、そうなの隼人？」

「2人が手伝ってくれるから、すごく助かってるよ。春希もどんどん腕を上げて、簡単なモノなら作れるようになってるし」

「あらあらあら、はるきちゃんそうなの？」

「え、えっとまぁ、はい……」

確かに作る分量が多くなったものの、火を見てもらえたり具材を切ってもらったり、ちょっとした副菜も作ってくれるので、今までより大幅に楽になったのも事実だ。

「わ、私もこの生活に慣れて料理が上達したら何か作りますね！」

「あはは、楽しみにしとくよ」

「はいっ！」

「2人ともえらいわねぇ。それに比べてうちの姫子は……見習ってほしいわぁ。どうせあの子のことだから、皆が夕飯作ってる間もソファーに寝転がってテレビを見てたりスマホを弄ってたりするんでしょ？」

「「「……ぷっ」」」

真由美が的確にいつもの娘《姫子》の姿を言い当てれば、隼人たち3人は呆《あき》れたような笑い声を重ねた。

するとそんな隼人たちの様子を見た真由美が、揶揄《からか》うように言う。

「それにしても、隼人は両手に花でよかったわね」

「んなっ⁉」

「「っ⁉」」

突然の発言に言葉を詰まらせる隼人。

ビックリしたのは沙紀も同じのようで、目を見張っている。

しかし春希はにやりと悪戯《いたずら》っぽい笑みを浮かべたかと思えば科《しな》を作り、甘ったるい声と表情で媚《こび》を売るかのように身体を摺《す》り寄せてきた。

「隼人くぅん、ボクたち可愛い女の子を侍らしてご飯作って、うれしかったの～？」

「……うわっ」

「って今、すごい声上げられたんだけど⁉」

「いやすまん、つい背中がぞわってしてしまって……うん、花は花でも毒とか棘《とげ》とか獲物を捕食するようなやつだな」

「ひどくない⁉」

ぞくりと肩を震わせ苦々しい顔をする隼人。

ぷくりと頬を膨らませ抗議をする春希。

真由美はそんな2人を見てあらあらと、困ったような、それでいて微笑ましいような声を上げる。

「あなたたち、相変わらず仲が良いこと。そうそう、仲が良いといえば沙紀ちゃん、隼人とも随分仲が良くなったのね！」

「ふぇっ⁉　えっとそれはその、色々ありまして……」

「心配してたのよー、もしかして隼人ってば沙紀ちゃんに嫌われてるんじゃないかって」

「おい、母さん！」

「だってほら、今までちょっと避けられてるような感じだったし……それによく、姫子にもデリカシーないって言われてるし」

「うんうん、確かに隼人ってばあまり言葉を選ばず、直接モノを言っちゃうところあるよねー」

「あ、あはは……」

「……うぐ、悪かったな」

　真由美の懸念に春希が同意する形でしみじみと言えば、沙紀も乾いた笑いを零す。隼人は少し不貞腐れた顔でそっぽを向く。

　すると窓からうっすらと色付き始めた空が見えた。

　時刻を確認すればもう５時を過ぎている。

「っと、そろそろ帰るよ。いい時間だし、買い物も行かなきゃ」

「あら、もう？」

「じゃあボクたちもこれで」

「ま、また来ますね、おばさま！」

鞄《かばん》を持って踵《きびす》を返せば、春希と沙紀もそれに続く。

そしてガラリと扉を開けたところで、沙紀が何かを思い出したかのように「あっ！」と声を上げた。くるりと身を翻し、真由美の下へと駆け寄り手を摑《つか》む。

「おばさま、早く退院して帰ってきてくださいね！」

「え、あ……うん……？」

「私、姫ちゃんたちが急に引っ越して寂しかったんです。それまでずっと当たり前のようにすぐ傍にいたのに、手の届かないところに行っちゃって。自分の中の何かが欠けちゃって……でもどうしようもなくて……」

「沙紀ちゃん……」

「きっとおばさまに早く戻って来て欲しいって思っているはずです！　姫ちゃんも、そしてお兄さんも……ですよね？」

「——っ！」

隼人はすぐさま、何かを答えることが出来なかった。

こちらを振り返った沙紀がふわりと笑う。

それはとても綺麗《きれい》な笑顔で、今まで見たこともない顔をしていた。

胸が早鐘を打つ。

──早く退院して欲しい。

当たり前に抱いていた願いだ。

だけどそんなシンプルで素直な願いを、今まで誰か口にしたことがあっただろうか？

入院に不安はある。二回目なのだ。父の行動が不安の最たるものだ。

隼人は酷く動揺していた。

それは母も同じのようで、目をぱちくりとさせており──そして少し瞳《ひとみ》が潤んでいるのが見えた。

ハッと息を呑《の》む。

春希も瞳を揺らしている。

「俺も、母さんに早く退院して欲しい」

小さな声で、しかしはっきりと、心の奥底にずっと澱《よど》みのようにあやふやに揺蕩《たゆた》っていた言葉を形にする。

すると胸がスッと軽くなっていくのを感じた。

目の前の世界が、新たに切り拓かれていく錯覚すら覚える。

そして隼人の心からの想いを受けた真由美は、そっと目尻《めじり》を拭《ぬぐ》う。

むんっ、と万全でない左手を握り、それで任せてよとばかりにポンッと胸を叩《たた》く。

「じゃあ早く治して帰らないとね！」

「……おぅ」

母から真っすぐに返された言葉に、気恥ずかしさからガリガリと頭を掻《か》く。

こちらを見守るかのように微笑んでいた沙紀が、やけに眩《まぶ》しかった。


病院を出る頃には、西の空がすっかり茜色《あかねいろ》に染まっていた。

どこかふわふわした足取りで、バイトに行く時に使っている道を並んで歩く。

無言だった。

だが妙な心地よさがあった。

胸の内につかえていたものを吐き出したせいかもしれない。

それもこれも沙紀のおかげだ。ちらりと彼女の横顔を見る。

記憶の中のかつての彼女は、いつだって姫子の背に隠れてびくびくとしていたイメージが強い。それと比べると、今は随分と変わったと思う。

変わったといえば春希もそうだ。あの頃と全然違う。

見た目も。取り巻く環境も。

人は、変わる。

変わっていく。

果たして自分は——と考えたところで、スマホが通知を告げた。

『おにぃ今どこ？　お腹空いた』

画面に書かれていたのは、そんな姫子らしいメッセージ。思わず気が抜けて、苦笑が零れる。

「隼人、どうしたの？　誰から？」

「姫子から。お腹空いたってさ」

「あはは、ひめちゃんらしいや」

「今夜は何にしよう……いつも迷うんだよな」

「スーパーの特売品や値引き品を見て決めることも多いもんね」

「ちなみに今日は合い挽《あ》《び》き肉が特売だ。これは押さえておきたいところ」

うーんと唸《うな》っていると、沙紀が「はいっ！」と期待を込めた声を上げた。

「それなら私、一度よくばりハンバーグ食べてみたいです。姫ちゃんがよく自慢気に言っているので、気になってて！」

「あ、ボクもそれ気になってる！　ひめちゃん、かなりお気に入りっぽいんだよねー」

「姫子が？　あれ結構手間だけど……まぁでも、3人で手分けすればすぐか」

「ボクもなんだかんだでお腹空いてきちゃった。早くスーパー寄って帰ろ？　隼人、それに沙紀ちゃんも！」

「はいっ！」

「あ、おい、春希⁉」

そして春希は不意打ち気味に隼人と沙紀の手を取り、いきなり駆け出した。春希に引っ張られる形でスーパーを目指す。

まるで子供のような振舞いだ。

だけど皆、笑顔だった。

最近通い慣れ出した道に、愉快気に揺れる3つの影法師。

少し冷たい素風が背中を押す。

空には赤く染まった鰯雲《いわしぐも》。


季節が少しずつ、秋へと巡っていくのを感じるのだった。

第4話　それぞれの放課後／春希

秋の顔が色濃くなってきた早朝は、随分と肌寒くなってきた。

建て売りの似たような家が建ち並ぶ住宅街、その中のとある家の洗面所。

鏡の前で春希《はるき》は、ブラシ片手に難しい顔をしていた。その視線は左右でぴょこんと跳ねている髪へと向けられている。

「ぐぬぬ、相変わらず手強い……」

伸ばし始めた当初から悩まされている、寝癖とも癖っ毛ともいえるもの。今までならそれらを纏《まと》めて一房に編み込んで対処してきた。

いつもなら、いや今までなら、まぁしょうがないなと思って、毎朝そうしているように編み込んで良しとしていただろう。

だけど、今日に限って妙に気に掛かってしまっている。

「……凄《すご》かったなぁ」

脳裏に思い浮かぶのは、昨日の沙紀《さき》の姿。

彼女の言葉によって、隼人《はやと》の表情がまるで憑《つ》き物《もの》が落ちたかのようにみるみる晴れやかになっていく様は、まるで魔法のごとく。

そう、人の心が揺り動かされるのを、初めて目の当たりにした。

月野瀬《つきのせ》で彼女と出会って以来、驚かされてばかり。

その行動力だけでなく、影響力にも。

彼女が眩しかった。

果たして自分はあんな風に相棒の力になったり、救ったりできるのだろうか？

きっと沙紀はこれからどんどん隼人とも交流を重ね、思い出を重ねていくことだろう。

――女の子として。

「っ！」

ふと、胸がズキリと騒めいた。隼人と沙紀の仲が深まるのは、とても良いことのはずなのに。

どうしてかはわからない。

だがそれは本能的にあまりよくないものだと感じ取り、このままではいけないと、パンパンと両手で頬を叩いて追い出した。

いつもより早めに家を出た。

待ち合わせの場所に着くと既に沙紀が待っており、春希の姿を見つけるとぱたぱたと駆け寄ってくる。

「春希さーん、おはようございます！」

「おはよう、沙紀ちゃん。隼人とひめちゃんは？」

「まだですね。私だけです」

今朝のこともあって一瞬ドキリとするが、すぐさま笑顔を取り繕う。慣れたものだ。

すると沙紀がそわそわしていることに気付く。よくよく見れば目も腫《は》れぼったく充血しており、隈《くま》も出来ている。

春希が一体どうしたことかと首を傾げていると、沙紀は周囲をキョロキョロと窺《うかが》い、誰もいないことを確認すると、少し恥ずかしそうに耳打ちしてきた。

「春希さん、実は昨夜寝る前、例のお兄さんの部屋から出てきたゲーム、やってたんですよ。妹ルートやってたんですけど、中盤から止まらなくなっちゃって……っ！　最後どうなっちゃうのかってハラハラしっぱなしで！」

「ほほう――」

語っているうちに、沙紀の言葉が熱を帯びていく。その表情はずぶずぶと沼に沈んでいるというのに、凄くいい笑顔を見せていた。

春希は同志を迎える充足感を覚えると共にほくそ笑み、心のスイッチが切り替わる。

「あれ、アニメ版と違うって耳にするんだよね。賛否両論あるみたい」

「そうなんですか？　確かに好みが分かれると思いますけど、私は嫌いじゃないです」

「なるほどなるほど、ボクの番が回ってくるの楽しみにしとくよ」

「はい！　でも、もうすぐ全部終わってしまうのがちょっぴり寂しかったり」

「あ、それならボクが持ってる他のおスス メ貸そうか？」

「いいんですか⁉」

「えっちなのと、そうじゃないの、どっちがいい？」

「うえっ⁉　え、ええっと、どうしよう……」

顔を真っ赤にして悩み始める沙紀。

ブツブツと「えっちなシーンはなくてもいいんだけど、ある方がやっぱりストーリーが盛り上がるし」と自分に言い訳するかのように呟《つぶや》けば、春希も「そうだよね、盛り上がるよね」と邪な表情を浮かべて囁《ささや》く。沙紀も「ですよね！」と少し興奮しながら同意してくるので、してやったりとほくそ笑む。

そんな沙紀の様子が微笑ましくも可笑《おか》しくて、むくむくと悪戯心《いたずらごころ》も湧く。

するとその時、「おーい！」と声を掛けられた。隼人と姫子《ひめこ》だ。

「おはよ春希、沙紀さんも」

「はよーって、はるちゃん何話してんの？　沙紀ちゃん、顔赤いけど大丈夫？」

「姫ちゃん！　え、ええっとこれは……」

「んー、エロい話？」

「っ⁉　は、春希さん！」

らしからぬ大きな声を出して詰め寄る沙紀。

あははと笑って受け流す春希。

姫子はそんな幼馴染《おさななじみ》たちにジト目を向ける。

「……朝からなにやってんだ」

隼人の呆《あき》れたため息が、通り過ぎていくバイクの排気音に掻き消《け》されていった。

昼休みになった。

資材置き場代わりになっている旧校舎、そこにある空き教室の1つ。

教室の喧騒《けんそう》を逃れる避難場所、春希と隼人の秘密基地。

ほんのり秋へと色付き始めた部屋の窓からは、うろこ雲が空の高いところをさらさらと砂のように流れている。

「……ベーコンエッグだ」

「おにぎりなのに？」

「おにぎりなのに。玉子がトロッとしながらもふわっとしてて後からベーコンの香ばしい感じが追ってきて、意外とごはんと合う。うん、これはあたりだね」

春希は何とも言えない、驚き交じりの声を上げた。

「春希って新商品が出たら、明らかに地雷だとわかっていても突撃するよな」

「こないだのもちもちお餅《もち》入り力おにぎりパワーと練乳いちごみるくはひどかった……」

「……俺は止めたぞ」

「だって今すぐ食べないと、すぐに発売中止になるのが目に見えてたもん！」

「アホか」

呆れたため息を吐きながら、残念な生き物を見る目をする隼人。

バカみたいなことを言っている自覚のある春希は、てへりとピンクの舌先を見せた。

そしてお互い苦笑を零した後、昼食が再開される。

窓から差し込む初秋の日差しが、夏休み前よりも影を少しだけ長く引き伸ばす。

そよそよと吹く風がグラウンドで遊ぶ生徒たちの声を運ぶ。

いつしか昼食を食べ終え、壁に背中を預けた。

それぞれお尻《しり》を預ける先は、紺一色と白地に猫がプリントされたクッションカバー。

2人きりだった。

特に会話もない。

流れているのは幼い頃から変わらない、穏やかな空気。

それがなんだか、久しぶりのような気がした。

思えばここのところ、なんだかんだとお昼は他に誰かがいることが多い。

みなもに一輝《かずき》、伊織《いおり》に伊佐美恵麻《いさみえま》。新しく出来た友人たち。

彼らだけでなく、他にもよく話すクラスメイトも増えた。

今までは想像もしなかった、隼人が転校してきてからの、学校での変化。

そして隼人の家では――とまで考えた時、不意に思考を1人の女の子で塗りつぶされる。

「――沙紀ちゃん」

「うん？」

思わずその名前が春希の口から飛び出してしまう。

目をぱちくりとさせる。意図して零したものではない。

隼人がどうしたことかと顔を向けてくる。

頭がぐるぐるする。

胸はもやもや。

だからそれらを誤魔化すように頭を振って、無理矢理に言葉を繋《つな》いだ。

「さ、沙紀ちゃんの買い物、次の休みだよね？　具体的に必要そうなものって何かなぁって思ってさ」

「そうだなぁ、基本的な家具はあるけどそれだけだから……来客用の食器にタオル類、各種掃除用品、ランドリーボックスとかもあると便利だし、体重計や防災グッズなんかも欲しいところかな」

「ふぅん、結構量があってかさ張りそうだね」

「俺はそのための荷物持ちだな。ついでにこたつ布団も揃えたい、というか、うちも欲しい」

「さすがにこたつは気が早くない？」

「でも、もうしばらくもしないうちに稲刈りの季節だろ？　そこから寒くなっていくのなんてあっという間じゃないか？」

「そう言われると、そうかも……っていうか基準がそれなんだ⁉」

「ははっ、でもその前に秋か。姫子、秋物選ぶって張り切ってたなぁ」

「うっ、ボク服選ぶのとかそういうの、苦手なんだよね。水着の時もアレだったし」

「そうなのか？　最近嬉々《きき》として色んなものを着てるイメージがあったから、てっきり」

「アレはほら、隼人を驚かせようとネタに走ってたからね！」

「って、ネタだったのかよ！」

「ふひひっ」

2人は顔を見合わせ笑い合い、「お題があればいいんだけど」「大喜利で服を選ぶな」と下らない話に花を咲かす。

そしてふと、気になったことを聞いてみた。

「ね、隼人。ボクってどういう格好が似合うと思う？」

予想外だったのか、ぱちぱちと数回まばたきをした隼人が、ジッと確認するかのように見つめてくる。それが少し、くすぐったい。

「うーん、わからん。そもそも女子の服って、どういうのがあるのかわかんないし」

「そっか」

返ってきたのは、そんな予想通りの言葉。

まったくもって隼人らしい。何とも言えない苦笑が零れる。

その時、キーンコーンと予鈴が鳴った。

少しばかり残念さの混じった声色で「よっ」という掛け声と共に立ち上がる。

そしてふいに、扉を開けようとした隼人が立ち止まった。

「あー、春希はその、きっとどんなものでも似合うと思う」

「……へ？」

思わず間抜けな声が漏れた。

隼人の背中を眺めながら、頭が真っ白になる。

「自分の好きなものを選べばいいんじゃない？　楽しみにしてるよ」

一呼吸の後、悪戯っぽいとも挑発的ともいえる声色でそんな言葉を投げかけられれば、一瞬にして頬が熱を帯びていく。

隼人の表情はこちらからは見えない。逃げ去るように教室へと向かっている。ドキリと胸が騒がしい。

「もぉーっ！　見てろよーっ！」

春希は子供のように、そんな大声を上げた。


放課後が訪れた。

終業を告げるチャイムと共に、一気に学校中が騒めき出す。

春希の教室でも意気揚々と部活へと向かう者、友人同士どこかへ繰り出そうと話す者、そそくさと家に帰ろうとする者、十人十色だ。

手早く教材を鞄《かばん》に仕舞いつつ隣に目をやれば、隼人が大きな欠伸《あくび》をしながらぐぐーっと両手を上げて伸びをしている。

ちらりと目をやれば、無防備にさらされている脇腹。

するとムクムクと悪戯心が湧いてきた。

「――――っ」

息を潜める。

様子を窺《うかが》う。

意識を集中する。

チャンスは欠伸が終わるまでのわずかな時間。

人差し指でちょんと突くか、それとも羽のように撫《な》でるか、はたまた抓《つね》ってみるか。

どちらにせよこれは、昼休みに揶揄《からか》われた仕返しなのだ。

「二階堂《にかいどう》さんっ！」

「っ!? は、はい……伊佐美、さん？」

春希が手を伸ばそうとしたその瞬間、横から声を掛けられた。

ビクリと肩を跳ねさせ振り返ってみれば、ゴメンとばかりに手を合わせる伊佐美恵麻。

「悪いんだけど、今日バイト代わってもらっていいかな⁉　急遽《きゅうきょ》、部活のミーティングが差し込まれちゃって！」

「そういうことなら、別に構いませんよ」

「わ、ありがとう！　この埋め合わせは必ず！」

そう言って伊佐美恵麻は手を振りながら、ぴゅうっと教室を去っていく。

春希がその後ろ姿に苦笑を零していると、隼人と目が合った。ここ最近はといえば、部活にしろバイトにしろ、行動を共にしていることが多い。特に新学期になって、沙紀がやってきてからはずっと一緒だ。

さてどうしたものか。

春希が眉《まゆ》を寄せていると、続けて廊下の方から名前を呼ぶ声が聞こえてきた。

「二階堂さーん、白泉《はくせん》先輩が呼んでるよー？」

「やほー、二階堂さん！」

「へ？」

視線を向ければ、生徒会の手伝いでよく顔を合わせる2年女子の先輩。つい先日も手伝ったばかりだ。白泉先輩はひらりと手を振ってこちらにやってきたかと思えば、ゴメンとばかりに手を合わせた。

「突然で悪いんだけどさ、今日お手伝い頼めるかな？　各部活巡って書類貰《もら》ってきて欲しいの、ほら、5月の体育祭と同じように！　あ、これね——赤線でピッてしてるところはもう貰ってるから！」

「あ、あのっ——」

「それから生徒会に入るっていう話、前向きに考えてくれると嬉《うれ》しいな！　それじゃ！」

そう言って白泉先輩は1枚のプリントを押し付けると、春希の返事を待たず嵐のように去っていく。

図らずもダブルブッキング。

後に残された春希は、「うぅ」と困った唸《うな》り声を上げる。

するとその時、ポンッと手の甲で軽く肩を叩《たた》かれた。隼人がやれやれとばかりに苦笑いを零している。

「ま、仕方がないな、優等生。バイトの方は俺が代わりに行っとくよ」

「隼人、くん……うん、お願い」

「あー、二階堂さん行けないのか、それは困ったな……」

「森《もり》くん？」「伊織？」

そこへ続けて困った様子の伊織が、頬を指先で掻《か》きながらやってきた。

「ついさっき家から連絡があってさ、今日他のバイト、全員休みのようなんだよ。だから隼人と二階堂さんの2人にヘルプ入って欲しかったんだけど……」

伊織は「はぁ」と、どこか諦《あきら》めたような、覚悟を決めたようなため息を零す。

春希と隼人は顔を見合わせた。バイト初日、隼人と伊織と3人で回し、ギリギリだったことを思い出す。

さすがに2人だけだと厳しいだろう。もう1人は欲しいところだ。

手元のプリントに視線を落とし、逡巡《しゅんじゅん》することしばし。

「ボク、先輩に断――」

「なら僕が二階堂さんの代わりにバイトへ行くよ。今日は部活もないことだしね」

「お？」「一輝」「――海童《かいどう》っ！」

いつの間にか近くに来ていた一輝が、やぁと手を上げながら片目を瞑《つぶ》る。

相変わらずそんな仕草が様になっていて、春希は反射的に眉間《みけん》に皺《しわ》を寄せた。

「夏休み後半、ヘルプで結構手伝ったし、それなりに戦力になると思うよ？」

「おう、一輝ならオレも大歓迎だ。女性客の反応もいいしな」

「あ、あはは」

「てわけで春希、こっちはどうにかなりそうだ」

「……そっか」

話が纏《まと》まり、隼人が任せとけと笑みを向けた。

目の前では春希以外の3人がバイトの話をしている。

なんだか仲間外れにされたような気がして、胸がじくりと痛む。

くしゃりと手に持つプリントに皺が出来る。

すると顔を歪《ゆが》めた隼人が、まるで諭すような声色で言う。

「その擬態、しといた方が何かと便利なんだろ？」

「そう、だけど……」

擬態。

良い子であること。

母親から唯一望まれたこと。

今はもう、あまり意味がないともわかっていること。

それでも隼人の言う通り、その仮面を被っていると何かと便利であるのも確かだった。

特に白泉先輩に頼まれたこの類の手伝いは、内申点という数字で可視化されるから、なおさら。

　春希は目を伏せ、視線が手元のプリントと隼人の足元の間を彷徨《さまよ》う。

　するとあやされるかのように、くしゃりと頭をひと撫でされた。

「んな顔するなよ。夕飯、好きなの作ってやるからさ」

「──ぁ」

　すぐさま離れた手のひらに名残惜しさを感じ、もっとねだるような声が漏れた。

　顔を上げれば弱ったような表情で笑う隼人。その瞳《ひとみ》は、本意ではないと言いたげな色を宿していた。

　目を見開く。

　だから胸に渦巻く感情を理性で無理矢理抑え込み、笑顔を作る。

「ラタトゥイユのパスタ、作ってよ。ほら、初めて隼人ん家《ち》で食べたやつ」

「おぅ、任せとけ」

　春希は一息で言い切り、そんなおねだり《約束》をして身を翻す。

　そして振り返ることなく、教室を早足で飛び出して行った。


　放課後になり少し経った頃。

人気の少なくなった校舎に、グラウンドや体育館から聞こえてくる熱気の籠《こ》もった掛け声が響く。

「えっと、これでいいのかな？」

「はい、大丈夫です。この場で書いてくれてありがとうございます。漫画研究部さんは部誌の発行にイラスト展示、ですね？」

「うん、例年と変わらない、はず」

「なら問題ないと思いますよ。ありがとうございました」

「……ぁ」

春希はにこりと微笑み、美術室を後にする。

すると背後から、やたらと春希を引き留めようとしていた漫研部員の名残惜しそうな声が聞こえてきて、少しばかり眉間に皺を寄せた。

手元には数枚のプリント。

生徒会の手伝いで配っているもの。

白泉先輩から貰ったリストの漫画研究部の欄に赤線を入れていく。

「次は演劇部、第2被服室かぁ……」

ふぅ、とため息が零れ、静かな校舎を1人歩く。

部活棟はあるもののグラウンドに併設されていることもあり、ほぼ全てを運動部が使用している。

文化部は先ほどの漫画研究部のように、特別教室を部室代わりに使うところも多い。

窓の方に目をやれば、グラウンドで活動する野球部。あぁ、だから今日はサッカー部が休みなんだ、と一輝のことを思い浮かべた。

そして、窓ガラスに自分の姿が映っているのに気付く。

きっちりと隙間なく着こなした制服に、長く艶《つや》のある黒髪。そしてうっすらとした笑みを仮面のように貼り付けた顔。

幼い頃、月野瀬にいた時とはまるで違う姿。

そして隣に隼人がいない。

そのことが、ひどく1人であることを意識させた。

ふと、バイトに出掛けた幼馴染《隼人》のことを思う。

今頃きっと一輝や伊織たちと共に、てんてこ舞いになりながらも働いていることだろう。

だけど、そこに自分がいない。

「……ボク、何やってんだろ」

胸が掻き乱され、弱気が言葉となって口から零れだす。

元々生徒会の手伝いは、自ら名乗り出たものだ。目的はもちろん、生徒会入り。

別に生徒会長になりたいとか、そういう野望があるわけではない。生徒会に所属したという肩書が欲しかっただけ。そしてこの高校の生徒会は庶務であれば、現行役員3人の推薦があればいつでも加わることができる。

生徒会に所属するというのは春希が考える良い子の姿でもあっただけでなく、大学の指定校推薦や奨学金の審査に多少有利に働くかもしれない——そんな打算。だけどその打算は冷静に進学を見据えて考えると、魅力的なのも確かなのだ。

しかし生徒会に入り、本格的に忙しくなれば、隼人と一緒の時間が減るだろう。そのことが、春希に生徒会入りを躊躇《ためら》わせている。

ふと、脳裏に沙紀の顔が思い浮かぶ。

色素の薄い髪と肌、風が吹けば空に溶けて消えてしまいそうな儚《はかな》さで、しかし見た目とは裏腹に躊躇いもなく都会へと飛び込んできた、しっかりとした芯《しん》のある女の子。

沙紀ならば——と考えたところで、ぶんぶんと頭《かぶり》を振った。

「よし、さっさと終わらそう！」

春希は自分を鼓舞するように言葉を吐き出し、ぺしぺしと頬を叩く。そして足を進ませていると、ドンッと正面に衝撃を感じた。

「っ⁉　ご、ごめんなさい、今ちょっと前を見ていなくて……」

「こちらこそ急いでいて……あら、あなたは……」

どうやら廊下の曲がり角で誰かにぶつかったようだった。慌ててぺこりと頭を下げる。

相手も不注意だったようで、申し訳なさそうな声を上げるがしかし、次第に剣呑《けんのん》な色へと変わっていく。

「……っ」

「……」

どうしたことかと思った春希は顔を上げ、息を呑《の》む。

目の前にいるのはふわりとした長い髪を編み込みハーフアップにしてまとめた、華やかな印象の女子生徒。どこにいても注目を浴び、印象に強く残りそうな美貌《びぼう》だ。当然、春希も彼女のことを知っている。

高倉柚朱《たかくらゆず》。

昨年度文化祭でのミスコンを騒然とさせ、その名は春希たち1年の間にも響いている。

そして最近流れた彼女関連の噂と言えば、一輝にフラれたというのも記憶に新しい。1年だけでなく2年の間にも、その噂はしっかり流れているだろう。

——彼女を振った一輝が、春希にフラれたという噂と共に。

高倉柚朱はその意志の強そうな目を吊《つ》り上《あ》げ、突き刺すような眼差しで春希を見やる。

春希の顔が強張り、口元が引き攣る。

「1年の二階堂春希さん、ですよね？」

「……はい」

彼女は確認するかのように問いかけ、スッと目を細めた。

「……」

「……っ」

じろじろと見定めるかのように、不躾《ぶしつけ》な視線で全身くまなく舐《な》め回される。

居心地が悪い。

あまりよく思われていないとわかっているから、なおさら。

互いに、どういう相手なのかはわかっているのだろう。

悪意をぶつけられるのは慣れている。

それでも、心は摩耗してしまう。

母親、祖父母、それに春希を快く思わない学校の女子たち。なるべく遠ざかり、関わらないようにしてきたけれど、隼人のいない中学時代もそれなりにあった。

いつしか澱《おり》のようにたまったそれを、再会したばかりの隼人の前で零してしまったことを思い出し、軽く頭を振る。

もちろん、春希としては高倉柚朱と争うつもりはない。だがこうした感情の問題は、理屈や道理は通じない。話せばわかるは幻想だ。

「あなた……」

「は、はい」

「可愛いわね」

「………………へ？」

「うぅん、顔やスタイルだけじゃない。髪や指先、身だしなみもしっかりしているし、背筋もピンと伸びている。一朝一夕で身につくものじゃない。二階堂さん、あなた私生活もしっかりした人なのね」

「あ、ありがとうございます……？」

春希が身構えているとどうしたわけか、やけに真面目な声色で賞賛された。そこに侮蔑《ぶべつ》やバカにしているといった色は見られない。

予想外の反応に戸惑う春希。

すると、はたと何かに気付いたかの様子の高倉柚朱は、コホンと仕切り直すかのように咳払《せきばら》いを1つ。襟を正す。

「失礼、自己紹介が遅れました。２年の高倉柚朱です」

「あ、はい、ご丁寧に。二階堂春希、です」

「私のことは噂などでご存じ、ですよね……？」

「それは、まぁ……」

「率直に聞きますけど、一輝くんのこと、どう思っていますか？」

「っ⁉」

そしていっそ清々しいくらいに、スパッと本題に切り込んできた。

いきなりのことで言葉に詰まる。

何て言っていいかわからない。そもそもあまりの展開に思考がついてこない。

ただ彼女が、噂通り一輝に対して並々ならぬ想いを寄せているというのだけはわかる。

「き、気に食わないやつ、です」

「……え？」

だからそんな何も取り繕わない、思ったままの言葉が飛び出した。

「飄々《ひょうひょう》としていて誰にでもいい顔して、本音は表に出さないし、誤魔化すし」

「……」

そう、春希のように。

「けど、誰かが困ってるところにはよく気が付いて手を差し伸べるし、そんな外面の良さが色々、もう、何だか喋《しゃべ》ってて腹が立ってきた……っ！」

話しているうちに、どんどん言葉も荒くなっていく。

きっと腹が立つのは、一輝が自分と似ているからというのもあるだろう。

理性の部分では、さっきのバイトの代打は助かったとは思っている。

しかし本当のところを言えば、さっきは皆と一緒に行きたかったのだ。

隼人が皆と一緒にバイトしているのをよそに、自分は1人生徒会の手伝いをしている——

——この状況が、本当に気に入らない。

理性的なことじゃないのはわかっている。

これは感情の問題で、理屈や道理は関係ないのだ。

「ぷっ……ふふっ……あはははははっ！」

「……ぁ」

そんなすっかりご機嫌斜めになって唇を尖《とが》らせる春希を見た高倉柚朱は、もう堪らないといった様子でお腹を抱えて吹き出してしまった。

どうしていいかわからず、オロオロしてしまう。

春希自身、高倉柚朱が想いを寄せる相手のことを、悪し様に言い過ぎたという自覚はある。

「確かにそうね。一輝くんってば色んな人に良い顔して勘違いさせちゃったりするし、でもよく気を回して助けてくれるものね。まったく、そこのところ天然で悪いやつだわ」

「は、はぁ……」

だというのに、高倉柚朱は目尻《めじり》に涙を浮かべて笑っている。

ことさら、そんなことを本人の口からも言われれば、どうしていいかわからない。

「私もそんな——あら、そのプリントって？」

「あ、えっと文化祭の各部活の申請書です」

「演劇部《うち》はまだだったかしら？　私じゃわからないわね……一緒に行きましょう」

「は、はいっ」

そして肩を並べ、第2被服室を目指して歩きだす。

改めて彼女を見てみる。

高倉柚朱、演劇部所属の2年。

昨年度文化祭のミスコンで、審査員、外部投票、特技部門全てを総なめにした有名人。

春希より一回り高い、スラリとした身長。メリハリのある女性的なプロポーション。うっすらさりげなくメイクされ、華やかさが引き立てられた美貌に、凛《りん》とした佇まいは堂々としており、自信に満《み》ち溢《あふ》れている。

間近で目にして、なるほど、と思わせるものがあった。

そして隣を歩く春希に対し、悪い感情がないというのもよくわかる。それが余計、困惑に拍車をかけていた。

「わけがわからないって感じの顔ね？」

「ええ、その……」

「ふふ、私も私がわからないわ。でもそうね……面と向かってはっきりきっぱり言われて嬉《うれ》しかったのかも」

「嬉しい？」

「それに、ちゃんと見ているんだなって。だって一輝くんのことわかってないと、あんな言葉出てこないでしょう？」

「……それはどうでしょう」

春希の表情が複雑に歪《ゆが》む。

すると高倉柚朱はそんな春希に、少し羨《うらや》ましそうな顔を向ける。

「私、中学の時――」

「高倉って調子乗ってるよねー」

「まぁ美人なのは認めなくはないけどさぁ」

「だからってねぇ……この間の脚本決めだって、オリジナルって流れだったのにさ、何が白雪姫やオペラ座の怪人みたいな定番にすべき、よ」

「幼稚園のお遊戯会かってーの！」

彼女が何か言いかけた瞬間、扉の奥から聞こえてくる言葉に遮られた。

いつの間にか第2被服室へとやってきていたらしい。中からは明らかに高倉柚朱を悪し様に罵《ののし》る会話が聞こえてくる。

「ま、男にフラれたのはいい気味だったかなーっ！」

「そうそう、あの子の悔しそうな顔を想像しただけでスカッとする！」

「けどあの1年の子、すっごいイケメンじゃね？」

「高倉も結局ただの面食い、はぁ、顔かよ、顔」

「あのさ、もしうちらがあの1年と付き合ったら傑作じゃない？」

「ぎゃはは、言えてるーっ！」

陰口だった。おそらく、嫉妬《しっと》からくる類のもの。

眉間《みけん》に皺《しわ》が寄っていく。聞いていて気持ちの良いものではない。

赤の他人でさえそうなのだ。

だから本人ならば、いかほど心を痛めてしまうのか――そう思ってちらりと隣に視線を移せば、意外なことに高倉柚朱は逆に憐《あわ》れむかのような瞳《ひとみ》をしていた。

春希の視線に気付いた高倉柚朱は肩をすくめて苦笑い。

そして「あっ！」と驚きの声を上げる春希をよそに、ガラリと勢いよく第2被服室の扉を開けた。

「楽しそうなお喋りしているところ、少しいいかしら？」

「「「「っ⁉」」」」

ギョッとした視線が彼女を刺す。

しかし高倉柚朱はそれをどこ吹く風と受け流し、春希から受け取ったプリントを彼女たちの前に広げる。

「あら、部長はいないの？　これ、文化祭の演目をどうするのか早く決めなくちゃ。もっとも、オリジナルがいいと言っても何の計画もない白紙の状況だと厳しいと思うけれど」

高倉柚朱は堂々としていた。

そんな彼女に気圧されるかのように、女子部員たちは後ずさる。

「ま、まぁ、うん……」

「え、ええ、そう、ね……」

「そういやうちら、小道具の打ち合わせでちょっと……行こ？」

「あと、彼と付き合いたいならこちらから告白しないといけないわね。一輝くん、あなたたちと接点がないんだから。どうなるのかその結果、楽しみにしておくわ」

「「「っ！」」」

高倉柚朱の振舞いは、明らかに彼女たちの陰口を聞いていたと喧伝《けんでん》していた。女子部員たちはバツの悪い顔をしながら、そそくさと第2被服室を逃げるように去っていく。

春希はただ、その様子を廊下から眺めていた。

静かになった第2被服室で、高倉柚朱が「はぁ」と、つまらなそうにため息を吐く。

そして春希に向き直り、ほらね、と言いたげな苦笑いを浮かべた。

「つまらない子たちだこと。あの子たちと比べると二階堂さん、あなたは違うわ」

「は、はぁ……」

そして射貫くような、真っすぐな視線で見つめてくる。

「私ね、一輝くんのことが好き。本音を中々見せず、誰にでもいい顔をして、それでも困ってる人に手を差し伸べたりする、そんな一輝くんが好き」

「――っ」

それはまるで、宣戦布告のようだった。

――違う、そんなんじゃない。

言うべきことはたくさんあるはずだった。

しかし高倉柚朱のそんな芯《しん》の強さともいうべきところが、どうしてか沙紀と重なってしまう。

春希はその愚直なまでの真っすぐなところが眩《まぶ》しくて見ていられなくて、目を逸らす。

「また今度お話ししましょう？」

清々しい笑みを浮かべた高倉柚朱は、ポンと気安い感じで春希の肩を叩《たた》き、去っていく。

その場にはただ迷子のように立ちすくむ、春希だけが残されるのだった。

第5話　それぞれの放課後／隼人

とある街の駅前にある、行列ができる純和風の店構え。矢羽根袴《ばかま》の制服が特徴的な天保年間創業の和菓子屋、御菓子司《おかしつかさ》しろ。

しかし今日に限っては甚兵衛に前掛けエプロン姿の男性店員たちが、忙しそうに飛び回っていた。

「5番テーブル、くずきり抹茶パフェ3！」

「あいよー、カウンターさんとこのくずきり抹茶パフェ上がってるから持ってってくれ！」

「1番さん、こっちもオーダーくずきり抹茶パフェ2、それと珍しくクリームあんみつ1。……出来れば1番さんとこ、一輝《かずき》が持ってってくれ。5番は俺が行くから」

「だってよ、一輝」

「ははっ、了解」

少しばかり憮然《ぶぜん》とした隼人《はやと》が店内の方へ顔を向けると、一輝の方へと熱い視線を送る学生服の女性客たち。一輝が彼女たちへニコリと人好きのする笑みを浮かべれば、「「「きゃあっ！」」」と黄色い声が上がった。

そんな様子を前に、隼人と伊織《いおり》は顔を見合わせ苦笑い。

「しかしまぁ、うちは和菓子屋のはずなんだけどなぁ」

「餡子《あんこ》載ってるだろ、くずきり抹茶パフェ」

「でもパフェじゃん！」

「あはは、でも注文が偏ってるおかげで回せてるってのはあるな。一輝様々だ」

「そうなんだよなぁ」

店内を飛び回っている一輝へ視線を移す。

改めて言うまでもないが、一輝は学校でもよく噂に上るほどのイケメンだ。

スッと鼻筋の通った甘いマスクに、部活で鍛えられたしなやかな体躯《たいく》。爽やかな笑みを浮かべ愛想も良く、さりげなく「くずきり抹茶パフェがお勧めですよ」と囁《ささや》けば、女性客はこぞって同じものを頼むことになる。

注文が絞られるおかげで、余裕をもって回せていた。こうして、無駄口を叩くことが出来るくらいに。

一輝は、随分とこういう風に注目されることに慣れているようだった。本人も見られることを意識しているのだろう。その姿はまるで天職をこなしているかのように、キラキラと輝いている。何とも言えないため息が零れた。

ふと、春希《はるき》はどうだったかと思い返す。

どちらが多くの注文を取れるかだとか、空いた食器を一気に運ぶ時のコツはどうだとか、複数の席を回る時どのコースにすれば効率的かだとか、そんなことを悪戯《いたずら》っぽい顔で話していたことばかりが脳裏を過《よぎ》る。お客にどう見られているかなんてまるで考えず、一緒にゲームのように仕事をこなして楽しんでいる姿だ。

それがなんだか一輝と比べると可笑《おか》しくなって、思わず少し噴き出してしまう。

「隼人？」

「っ！　あぁいやなんでも……一輝のやつ、すごいなぁって」

「だなぁ。将来うちに就職してもらいたいくらいだ」

「うちに……やっぱり伊織は、将来この店を継ぐのか？」

「ん〜、いや、どうだろ？　わかんね」

「……え？」

なんとなしに振った話題に、意外な答えが返ってくる。

伊織の実家でもある御菓子司しろは、天保年間創業の6代続く老舗《しにせ》だ。だから当然、伊織もその跡を継ぐものだとばかり思っていた。

　隼人が目をぱちくりさせていると、伊織は少し気恥ずかしそうに目を逸らし、ポツリと呟《つぶや》く。

「あーその、オレ、姉ちゃんがいてさ」

「え……あ、姉がいるんだ？」

「そそ。で、その姉ちゃんだけど店を継ぐ気満々でさ、今は大学の夏休みを利用してイタリアへお菓子の研究に行ってるくらいガチ。だから別にオレじゃなくてもってわけ」

「へぇ、それは」

「ま、実家は今のところ有力な選択肢候補の1つってだけだな。そもそも将来のことなんて、まだまだ先のこと過ぎて想像できねーや」

「……それもそうだな」

　そしてお互い呆《あき》れたような笑いを零していると、一輝がふぅ、と額の汗を拭《ぬぐ》いながら戻ってきた。

　隼人と伊織が楽しそうに話している様子を目にした一輝は、少しばかり拗《す》ねたような顔を作る。どうやら店内も少し落ち着いたらしい。

「なんだか楽しそうに笑っていたけど、何の話をしてたんだい？」

「あぁ、伊織に姉がいるって話をしてた」

「えっ、それは初耳だ。それらしい人を見かけたことないけど」

「夏休みを利用してイタリアへ短期研修中、もうすぐ帰ってくる予定かな」

「なるほど、大学の夏休みって長いらしいからね。それにしても何故イタリア？」

「さぁ？　ただ出発前に『ジェラートと餡子は仲良し！』『ティラミスと最中の可能性は無限大！』って叫んでた」

「あはは、アグレッシブなお姉さんだ」

「小さい頃、姉ちゃんのそれがオレに向けられててな、たくさん振り回された」

伊織がげんなりした顔でうげぇと声を漏らせば、その当時の姿を想像した隼人と一輝は、あははと声を上げて笑う。

するとすくめていた伊織が、何かに気付いたとばかりに一輝へと話の水を向けた。

「そういう一輝はどうなんだ？　キョーダイ、誰かいるのか？」

「僕も姉がいるよ。1つ上」

「うちの姫子《ひめこ》とは逆だな。どんな人なんだ？」

隼人の質問に一輝は一瞬顔を店内へと振り返らせ、そして「うーん」と唸《うな》りながら顎《あご》に手を当て、眉《まゆ》を寄せる。

「……マイペースな人、かな？」

「なるほど、一輝みたいな人か」

「え？　僕ってそんなイメージあるの？」

「あるよ。何度一輝に俺のペースが乱されたことか」

げんなりした顔をする隼人。するとやけに興奮した様子の伊織が声を荒らげる。

「いやいやそれより隼人、一輝の姉ちゃんだぞ⁉　すんごい美人に決まってる！　そっちの方が気にならねぇか、っていうか画像とか持ってないか？」

「っ⁉　あ、うん、いやそのないというか、普通、姉の写真とか持ち歩いたりしないと思うよ」

「ははっ、確かに。オレも姉ちゃんの写真なんて持ってないしな」

「写真といえば例の巫女《みこ》さん、実物はもっと可愛かったね」

「え、一輝見たのか⁉」

「この間、隼人くんを学校まで迎えに来たことがあってね、その時に」

「くぅ、オレも見てみたかった！　ところで巫女ちゃんってどんな子なんだ？」

「どんな子って……うーん……」

すぐさま言葉が出てこなかった。

沙紀《さき》の姿を思い浮かべてみる。

子供の時からの、妹《姫子》の友達。

近いようで遠い間柄。

1つ年下の見た目の儚《はかな》さとは裏腹に、心に芯を持った、どこか頼りになる女の子。

そして先日の病院のことを思い返し——眉間《みけん》に皺《しわ》が寄る。

「……どんな子なんだろうな？」

「おいおい」

思わずツッコミを入れる伊織。

今の彼女は、かつての彼女のイメージとあまり重ならない。特にこの数ヶ月、彼女のイメージが一変してしまっているから。

一輝も難しい表情をしている隼人の顔を覗《のぞ》き込み、苦笑い。

「ところで隼人くん、その子に看病してもらったお礼は決まった？」

「うぐっ、まだだ。こういうの初めてだからさっぱりで」

隼人が息を詰まらせると、一輝と伊織が揶揄《からか》うように笑い声を上げる。

そしてひとしきり笑った後、にこにことした一輝が何かに気付いたように言う。

「その子、こっちに来てまだ日が浅いんだよね？」

「まだ1週間と少しだな」

「それなら、まだ身の回りで色々足りないものがあるんじゃない？　そんな普段の生活に役立ちそうなものとか、日々に彩りを添えるようなものを贈ってあげれば？」

「……なるほど」

名案に思えた。

隼人自身、引っ越して間もない頃にアレがあればというものを思い浮かべられる。

しかし女の子が欲しいと思うものとなると、これはまた難しい。実用性の部分はともかく、デザインセンスとなれば自信がない。

ふと一輝と目が合った。相変わらずにこにこと笑みを浮かべている。

隼人は少し気恥ずかしそうに口を開いた。

「なぁ、今度の休みって空いてるか？」

「あ、オレは恵麻《えま》とデート」

「僕は大丈夫だけど？」

「皆で沙紀さんの身の回りのものを買いに行くんだけどさ、姫子たちが服とか選んでる間にお礼を選ぶの手伝ってもらえたらなぁって」

「なるほど……いいけど、僕が行ってもいいのかい？」

「うん？　あぁ……そっか、すまん。一輝、女子関係のそういうところ、アレだっけ」

隼人はしまったとばかりにバツの悪い顔を作った。

一輝はモテる。詳しいことはわからないが過去に色々あったようで、女子との交流には慎重になっている。自分の都合でそこまで意識が回っていなかった。

しかし一輝は慌てて手を振り否定する。

「いやいや、そうじゃなくて！　ほら、そういう身内みたいな輪の中に、僕が入って行ってもいいのかなぁって」

「うん？　それは大丈夫だろ」

「オレ、なんていうか巫女ちゃんが一輝に靡《なび》く姿が想像出来ないんだよね」

ふと、沙紀が一輝と出会った時のことを想像してみる。

一定の距離を保ち仲良くするものの、どうしてか沙紀が一輝に熱を上げる姿が想像できなかった。──春希と同じように。

「……俺もだわ」

「っ！　そ、そうかい」

「ははっ、それにきっと一輝とも仲良くできるさ……っと、客だ」

そうこう話し込んでいると、来客を告げる鈴の音が鳴った。きゃいきゃいと女の子たちの黄色い声が聞こえてくる。

厨房《ちゅうぼう》を一手に引き受けている伊織がいってらっしゃいとばかりに手を振れば、隼人と一輝はもうひと踏ん張りしますかと顔を見合わせ頷《うなず》き合う。

そして表に顔を出し、セーラー服の女子中学生の集団を見て、顔を強張らせた。

「いらっしゃ——え？」

「来たわよ、おにぃ……って、一輝さんもいる⁉」

「姫子？」

「ひ、姫子ちゃん⁉」

姫子は気安い感じでしゅたっと片手を上げたまま、一輝の姿を見て目を見開いた。

その背後には「きゃーっ！」と盛り上がってる中学の友人たち。その中で1人、沙紀が少し緊張した面持ちでぎこちない笑みを浮かべている。

身内《妹》に仕事をする姿を見られるのは、やはり気恥ずかしい。沙紀や他の友人たちもいるし、前回は偶然だったけれど今回はいるとわかって来ているから、なおさら。

隼人はジト目で姫子をねめつけ小声で話しかける。

「何で来たんだよ」

「そりゃ、沙紀ちゃんにここの可愛い制服見せたかったから……って、はるちゃんいないの？」

「今日はいない。生徒会の手伝い」

「せいとかい？」

姫子は聞き慣れない単語にポカンとした表情で首を傾げた。そして必死に生徒会と春希を結び付けようとして眉間に皺を作る。

すると丁度その時、店内で席を立ちあがるお客の姿が見えた。

これ幸いと、隣にいた一輝の肩をポンと叩《たた》く。

「と、レジ入るわ。一輝、姫子たちを頼む」

「っ！　あ、あぁうん、姫子ちゃんたち、こちらへどうぞ」

「はーいって一輝さん、その格好も似合いますね。まるでホストみたい！」

「えっと、それって褒められてるのかな？　では『今日は来てくれてありがとう。今日は君のために特別な席を用意しておいたから』」

「あはははははっ！　一輝さん本当にホストっぽーい！」

一輝はおどけた様子でそんな演技をしながら、姫子たちを空いている席に案内する。

隼人は器用なやつ、と思いながらレジを打っていると、最後尾にいた沙紀と目が合った。

沙紀ははにかみながら、こちらに向かって小さく手を振ってくる。

やはり今までの彼女のイメージからはあまり想像できなかった仕草に一瞬驚くものの、隼人も反射的に小さく手を振り返す。

すると沙紀は目をぱちくりとさせ、頬を羞恥《しゅうち》の色に染めながら、慌てて姫子たちの後を追う。その微笑ましい姿に、口元からは自然と笑みが零れていた。

「おーい隼人ー、レジ終わったら5番さんのオーダー持っててくれーっ！」

「っ！　あいよーっ！」

厨房から聞こえてきた伊織の声で我に返る。

オーダーを受け取り運びながらも、ちらりと姫子たちのテーブルの様子を窺《うかが》う。

「今日は何にしよーっ！」

「わ、わ、すごいよ姫ちゃん！　こんなにも種類がいっぱいで……っ！」

「……前に来た時の最終候補がこれとこれとこれだったから……」

「あはは、霧島《きりしま》ちゃんってば既にメニューに夢中だ」

「も、もぉ～っ」

「でも実際迷うよね。ここ、季節によっても色々変わるしさ」

「うちの田舎なんて、春によもぎ、秋に栗くらいの違いしかなかったよぅ。その辺に生ってるの使うだけだし～」

「その辺にって、それはそれで気になるんですけど⁉」

メニューを真剣に眺めるマイペースな姫子。

中学校の友人たちときゃいきゃいと騒ぎながらメニューを囲む沙紀。

どこにでもありそうな、ごくありふれた和気藹々《わきあいあい》とした女の子グループの光景だ。

どうやら沙紀は、転校先でも上手くやっているらしい。ホッと安堵《あんど》のため息を吐く。

そして彼女たちの話の切れ目を見計らって、一輝がお冷やを持ってきた。

「はい、どうぞ。何にするか決まったかな？　今日はくずきり抹茶パフェがおススメだよ。本日限定できな粉のサービスもしているからね」

「あ、ならそれにしようかなー」

「じゃあ私も。前から気になってたし、サービスもあるなら頼むしかないよね」

「私も穂乃香《ほのか》ちゃんたちの流れに乗っかろーっと！」

「え、えぇっと私は～……」

迷っている彼女たちにさりげなくお得情報を交ぜてアピールすれば、たちまちくずきり抹茶パフェにしようという流れになっていく。相変わらず如才ないやつだなと、今度は違った意味でのため息が零れる。

「姫子ちゃんもどうかな？　この間もおいしいおいしいって食べてたよね？」

「ん～、あたしはパス」

「っ⁉」

「え、霧島ちゃん、今日それお得なのに？」

「だってこないだ食べたもん。今日は他のやつにして新規開拓しないと！」

「あ、あはは……」

その中で1人、姫子だけが空気を読めなかった。あけすけな表情でおススメを断り、うーんと唸《うな》りながら腕を組む。視線はメニューに釘付《くぎづ》けのまま。

一輝の笑顔の仮面は、ピシリと固まっていた。

隼人はやれやれといった様子で痛むこめかみに手を当てる。

ふとその時、視線を感じた。

何だろうと顔を上げれば、メニューを片手に一輝《店員》に尋ねる沙紀の姿が目に入る。

「あの、この中でお兄……ひ、姫ちゃんのお兄さんが作ったりするメニューってありますかっ？」

「っ⁉　あぁうん、かき氷系なら以前にも作ってたし大丈夫だと思う……ね、隼人くん？」

「お、おい⁉　いやまぁ、確かにかき氷系なら俺でも任せてもらえるけどさ」

「じゃ、じゃあ私、このふわふわ宇治金時お願いします」

「おにぃが作るの⁉　それならあたしも同じやつで！　それ、前回の最終候補の1つだったんだよねー」

「ではふわふわ宇治金時2つ、くずきり抹茶パフェが3つですね。少々お待ちください」

さっとオーダーを纏《まと》め、笑顔でその場を去る一輝。

どうしたわけか、かき氷を作る流れになった。

厨房に戻ればオーダーを通しにきた一輝に、すまなそうに謝られる。

「ごめん、忙しいのにわざわざ隼人くんにかき氷作らせることになっちゃって」

「それは別に。しばらくフロアを1人で任せることになって申し訳ないというか……ていうか悪いな、姫子のやつが。ったく」

「あはは、いいよ。姫子ちゃんらしいね、手強いや」

「まぁ昔から手のかかるやつだよ」

「手強いから姫子ちゃんたちのテーブルに運ぶのは、隼人くんに任せたよ」

「げっ。妹の接客とか色々抵抗があるんだけど！」

「……僕も友人の妹相手にオーダー取ってきたから、今度は隼人くんの番だね」

「わーったよ」

そう言われると弱かった。隼人は諦《あきら》めの色が滲《にじ》むため息を零す。

一輝は「よしっ」と自分を鼓舞するように声を上げ、出来上がっていた1番テーブルのオーダーを運びにフロアへと消えていく。

「てわけで伊織、宇治金時2つ作るわ」

「おぅ、頼む。正直オレも、今完全に手がくずきり抹茶パフェモードになってるから、他のはあんまり作りたくねぇ。さっきのあんみつ、妙に手間取っちまった」

「ははっ、そうか」

伊織に一言断りを入れてかき氷の削り出し準備に取り掛かる。

トッピングするものは多いもののさほど難しいものじゃない。

これで大丈夫かな？　と思いつつ心持ち少しだけ多めに氷を削り濃厚な抹茶シロップをかけ、白玉、餡子《あんこ》、黒ゴマとバニラのアイスを盛り付けていく。

「伊織、これで大丈夫か？」

「ん～、いいけどダメだ。これを載せてっと……いいぞ」

隼人がチェックをお願いすると、伊織はひょいっとばかりにソフトクリームを載せた。

隼人が驚いていると、伊織はニッと笑顔を見せる。

「いいのか？」

「妹ちゃんと巫女《みこ》ちゃんだけ通常通り、っていうのも味気ないだろ」

「悪ぃな……いや、ありがと」

「へへっ、いいってことよ」

普段調子がいい伊織だが、こういうところでの気遣いができるから憎めない。

隼人は苦笑しつつかき氷と伊織が作ったパフェと共に、少し緊張気味に姫子たちの席へと持って行こうとして、はたと動きを止めた。視線は2つのかき氷に注がれている。

そしてお盆を一旦《いったん》、その場に置く。

「どうした、隼人？」

「いや、ちょっとな。姫子のことだからきっと」

「あぁ、なるほど」

湯呑《ゆの》みを用意し出した隼人を見て、伊織は納得した顔で頷く。

そしてポットに入ったほうじ茶を注ぎ、改めて席を目指した。

「お待たせしました」

「わ、わぁ！」

「おススメなだけあるね」

「写真撮らなきゃ！」

「へぇ、おにぃやるじゃん」

「思ったよりもボリュームあるね！」

運ぶや否や歓声が上がり、いただきますの声もそこそこに、各自が手を伸ばす。

そして皆が「んん〜っ」と美味《おい》しそうな声を上げれば、隼人も釣られて笑顔になる。

「ぁ痛ーっ！」

「〜〜〜っ！」

そして勢いよくかき氷を掻《か》き込んだ姫子と沙紀は、頭痛に顔を顰《しか》めていた。

隼人はやっぱりなと苦笑しつつ、用意していた温かいほうじ茶を2人の前に差し出す。

「よろしければこちらをどうぞ」

そして勢いよくほうじ茶を流し込み、今度は「「熱っ」」と声を上げ、周囲の笑いを誘う。

隼人が呆《あき》れつつ身を翻せば、微笑ましそうに眺める一輝と目が合った。

「準備がいいね、隼人くん」

「……もう少し落ち着いて欲しいところだけどな」

「あはは」

そんなやり取りをしつつ、次の仕事へと取り掛かっていくのだった。

第6話　一輝の悩み

バイトが終わった。

サッカー部の練習とは種類の違う疲労感と達成感が、一輝《かずき》の身を包む。

店の裏口から外へと出てぐぐーっと伸びをすれば、夕陽が随分と長く影を引き伸ばす。

西の空に目を向けると、散り散りになった鰯雲《いわしぐも》が赤く染められている。

元から忙しいと覚悟していたバイトも、終わってみれば案外あっさりとしたものだった。

「はぁ、おつかれ一輝。何とか乗り切れたな」

「お役に立てて何より、手伝った甲斐《かい》があったかな？」

「助かったよ。ったく、こんな日に限って姫子《ひめこ》が来るんだからなぁ、もぅ」

「……あはは」

妹《姫子》のことで愚痴る隼人《はやと》の言葉に、胸が僅《わず》かに騒めく。

姫子と顔を合わせたのは夏休みの初め、プールの時以来およそ1ヶ月ぶりだった。

美味しそうにかき氷を頬張る顔。

友人たちと楽しそうにおしゃべりする姿。

そして他の客と違い、自分を映していない瞳《ひとみ》。

知らず、疼《うず》き始めた胸を押さえる。

すると隼人が、気遣わし気な表情で顔を覗《のぞ》き込んできていることに気付く。

「大丈夫か？」

「……えっと、何が？」

「いや、顔がバイトの時の接客モードのままだからさ」

「っ！　あ、あぁうん、凝り固まっちゃったのかも」

咄嗟《とっさ》に飛び出た言い訳に、おぃおぃと苦笑いを零す隼人。そんな友達に、曖昧《あいまい》な笑みを
無理矢理作って返す。

あの時、姫子の顔を見て慌ててこの仮面《笑顔》を貼り付けた自覚はある。

変なことを言っていなかっただろうか？

悪い印象を持たれていなかっただろうか？

ちゃんと適切な距離感を演じられていただろうか？

そんなことばかりが気にかかる。

「一輝は電車か。じゃあ俺、こっちだから。早く帰って夕飯作らないと」

「大変だね。じゃあまた明日《あした》、学校で」

「おぅ！」

そう言って、急いでいたのだろう、小走りで駆ける隼人の背中があっという間に商店街の喧騒《けんそう》に呑《の》み込まれていく。

夕方の駅前はあくせくと行き交う人々ばかり。

そんな中、一輝は当てもなくふらふらと歩く。

目的なんてない。

ただ、すぐ帰る気にはなれなかった。

胸では燻《くすぶ》った何かが渦巻いている。

しかしここは、あまり大きな商店街ではない。

ほどなくして街の終わりが見えてきた。

目の前には大きな幹線道路が一直線に延びており、今度は人の代わりに多くの自動車が行き交っている。

そこへ足を踏み入れた瞬間、ザァッと強い風が吹きつけた。

「っ！」

風に巻き上げられた落ち葉が顔に叩《たた》きつけられ、思わず目を瞑《つぶ》り、足を止める。
「……何やってんだろ」
顔に貼り付いた落ち葉を剝《は》がし、ため息と共にそんな言葉を吐き出す。
最近やけに姫子のことが、友人の妹のことが気に掛かっていた。
今もプールの時に見せた少し寂し気な表情が、瞼《まぶた》の裏に焼き付いている。
そしてふとした瞬間に心が掻き乱されることも多い。
だけど彼女とどうなりたいか、どうしたいかというものがない。
そもそも、友達の妹というだけなのだ。
まったくもって、自分で自分がわからなかった。
それに心の奥底に引っかかっているものもある。
『裏切者……っ！』
初めて誰かから叩きつけられた明確な悪意。
颯爽《さっそう》と手のひらを返し離れていく周囲。
笑顔の裏に隠れていた打算と欲望。
あの時感じた――は、もう二度と味わいたくない。
「ばいばい、またなーっ！」

「明日はおまえんちでゲームたいかいな！」

「おう、まけねーぞ！」

「帰ってとっくんすっかー！」

その時、小学生たちのグループが屈託のない笑顔で会話をしながら目の前を通り過ぎて行く。

裏表のない彼らを眩《まぶ》しそうに眺め、姿が見えなくなると、フッと自嘲《じちょう》気味なため息が零れた。

いつまでもここに突っ立っていても仕方がない。

よしっとばかりに気合を入れるために頬を叩くのと、「あの……」と遠慮気味に声を掛けられるのは同時だった。

「海童《かいどう》さん、ですよね……？」

「っ⁉　三岳《みたけ》、さん……？」

振り向いた先には編み込んだ髪の毛が可愛らしい制服姿の女の子——みなもがいた。

手には何か荷物を抱えている。どこかの用事の帰りなのだろうか？

「こんなところで何をなさっているんですか？」

「ええっと、その……」

みなもはこてんと小首を傾げて尋ねてくる。

しかし予想もしなかった出会いに口籠《くちご》もってしまう。

そもそも何もしていない。一輝自身が知りたいくらいだ。

少しばかり気まずい空気が流れる。

何かを話さないと思って周囲に視線を巡らせてみるも、みなもの背後には幹線道路が広がっているのみ。

そんな一輝の顔を、どこか気遣わし気な様子で覗き込んでくる。その瞳は『大丈夫ですか？』と言いたげな色を湛《たた》えていた。

みなもは、世話焼きな気質のある少女だ。

——隼人のように。

だから一輝は悟られぬよう慌てて笑顔の仮面を貼り付け、言い訳を紡ぐ。

「ええっと、隼人くんたちのバイトのヘルプでちょっとね。ほら、この間話を聞いてもらった御菓子司《おかしつかさ》しろ、あそこで。ここ、あまりよく知らない街だから、他に何があるのか気になって」

「…………」

「知らない街を散策するって楽しいよね。初めて見るお店があったり、チェーン店でも地元と比べると色々特徴があって違っていたりして。そうそう、僕の住んでいるところは再開発エリアだから、古い建物は軒並み撤去されてて、だからしろみたいな――」

「例の応援したい人と、何かあったんですか？」

「――――っ！」

みなもの鋭い言葉にピシリと笑顔の仮面にヒビが入り、そして呆気《あっけ》なく剝がれ落ちた。視線は彷徨《さまよ》い、口元は引き攣っている。

劇的な変化だったのだろう。

言葉を投げたみなも本人も、そんな一輝の反応が意外だったのか、面食らってしまってあわあわしだす。

何とも言えない気まずさを含んだ空気が流れる。

「……ご、ごめんなさいっ」

「え？」

「わ、私また勘違いというか早とちりというか……その、ご迷惑をおかけ――」

「ま、待ってくれ！」

自分でも不適切なことを言ってしまったのかと思ったみなもは、慌てて申し訳なさそうにペコリと頭を下げた。その顔は自嘲気味にくしゃりと歪《ゆが》んでいる。

みなもはただただ一輝のことを慮っていた。

打算もなく、様子のおかしかった一輝のことを心配して。

だというのに自分を良く見せようと取り繕った結果が、この彼女の顔だ。

ズキリと胸が情けなさで痛む。

そして一輝はバチンと勢いよく自分の頬を引っ叩く。みなもの肩がビクリと跳ねた。

「か、海童さん⁉」

「痛～っ」

「あ、あわわ、ほっぺたすごく赤くなって……っ！」

「あはは、ちょっと顔の筋肉をほぐしたくてね。それより三岳さん、少し話を聞いてもらいたいんだ」

一輝は慌てるみなもを、ジッと精一杯の誠意をもって真剣に見つめる。

すると視線を受け止めたみなもはハッと息を呑み、そしてこくりと小さく頷《うなず》いた。

空の群青色の部分が刻々と濃さを深めている。

みなもと一緒に隼人が去っていったのと同じ方角へと向かって歩く。どうやら彼女の家もそちらの方らしい。

「……」

「……」

2人の間に会話はなかった。

ただただみなもの家に向かって住宅街を歩く。

時折チラリとこちらを窺《うかが》うみなもの視線を感じる。

しかし一輝は、頬を夕陽で紅葉色に染めながら困ったような顔を浮かべるのみ。

話を聞いてもらいたい。

だけど、どう話していいかわからない。

みなももそれがわかっているのだろう、辛抱強く待ってくれている。

こんな状況と自分自身がもどかしい。

するとその時くすりと笑い声が聞こえてきた。

「三岳さん？」

「あ、いえ、すごく表情がころころと変わっていまして……そんな、学校では見せたことのない顔をさせる相手の方って、どんな子なのかなぁって」

「……普通の女の子、だと思う。けど他の子とはちょっと違うというか、よく笑う天真爛《てんしんらん》漫《まん》で面白い子だけど、すごく寂しそうな顔を見てしまって……」

「それが妙に気になってしまった、と」

「だけど、踏み込んで聞こうにも、何とも言えない距離感の間柄で……」

「だから今より仲良くなって、友達になりたいんですね？」

「っ！」

思い返せば一番脳裏に焼き付いているのは、プールの時に見せた『好きな人がいたんです』と言った時の顔。

後悔、寂寥《せきりょう》、諦観《ていかん》――いつも見せていた無邪気な笑顔の裏に隠されていたものがふとした瞬間に零れ落ちてしまったもの。

一体誰が彼女にあんな顔をさせたというのか。

驚き、疑問、怒り――胸に感じた様々な思いに定義を当《あ》て嵌《は》めてみても、そのいずれにも合いはしない。

何もかも今までに感じたものではなかった。

胸を押さえ、ふぅとため息と共に思ったままの言葉を零す。

「……そうなのかもしれない。けど、自分でもよくわからないんだ。女の子相手だと色々あったから……」

「怖いんですか？」

「え……？」

しかしみなもからは思いもしなかった言葉が返ってくる。

思わず足が止まり、どうして？　と彼女の顔を覗《のぞ》き込む。

するとみなもは二、三度瞬きした後、神妙な顔を作った。

「とても不安そうな顔をしています。私もよく話すようになって、友達になりたいと思っても、なかなか切っ掛けが摑《つか》めなくて尻込《しりご》みしたことがありました。……その、間違っていたらすいません」

なのはわかります。誰かに深く1歩踏み込む……それはとても怖いこと
「……ぁ」

何かがストンと胸に落ちた。思わず今の自分の顔を撫《な》でてみる。

怖い、不安、恐れている。

まったくもってその通りだ。

もしかして隼人の妹だというのも、あったのかもしれない。

思えば疑心暗鬼から慎重になり過ぎて、それこそ滑稽《こっけい》な姿を晒《さら》していたことだろう。

一輝にとって友達《友達》は、特別だ。

せっかく中学と違って、上手く回っているこの現状が変わってしまうことが、たまらなく怖い。かつてそれまでの平穏が、一瞬にして瓦解《がかい》してしまったことがあったから、なお

さら。

ここで初めて、臆病《おくびょう》になっていることに気付く。

そして一輝は観念したとばかりに軽く頭を振った。

「……いや、三岳さんの言う通りだ。僕は怖いんだ、また1人ぼっちになるのが……臆病なんだよ。前に一度、大きな失敗もしているし……」

そんな心の脆《もろ》い部分を曝《さら》け出《だ》す。少し遅れて、自分への呆《あき》れたため息も零れてくる。

しかしみなもはそんな一輝を笑うでもなく、慰めるでもなく、ただその瞳《ひとみ》を揺らしたかと思えば、淡々と唇を震わせた。

「1人はイヤ、ですよね」

「……三岳さん？」

「私もある日突然1人にされました。だから……」

自嘲気味にうっすらと笑うその顔は、まるで鏡映しかのよう。

ドキリと胸が跳ねる。

決して自分だけが特別じゃない。

一輝は大きく目を見開き、胸に当てた手でシャツに皺《しわ》を作り、そして思わずみなもの手を取った。

「そ、そのっ、僕の、ええっと、練習に付き合ってくれないかな⁉」

「れ、練習……？」

「そ、そう、練習、友達になるための！　三岳さんが、イヤ、ではなければだけど……」

衝動的な行動だった。

言葉もどこか言い訳じみたものだ。

なにより自分で自分に驚いている。

それはみなもも同じのようで、ぐるぐると目を回すのみ。ハーフアップに纏《まと》めた後ろ髪がぴょこぴょこ跳ねる。

しかしやがて言葉の意味を呑《の》み込んだみなもは、おっかなびっくりしつつもこくりと頷いた。

「は、はい、私でよけれ――」

「わんっ！　わんわんわんっ、わふっ！」

「っ！　三岳さんっ⁉」

「こらー、れんとー……って、あら、あらあらあらあらみなもちゃん⁉」

「きゃっ……って、れんとに奄美《あまみ》さん⁉」

その時みなもに向かって勢いよく駆けてくる大型犬がいた。ラフコリーのれんとだ。飼い主である老齢の女性も引っ張られている。

　一輝は反射的にみなもを庇《かば》うように前へと出るが、そこでれんとは急停止。ちょこんと礼儀正しくお座りし、「わんっ！」と背後にいるみなもに向けてご挨拶《あいさつ》。

「大丈夫ですよ海童さん。この子――れんとはやんちゃだけど優しくて賢い子ですから」

「わふっ！」

　みなもが苦笑しつつれんとの前へと出て頭を撫でてあげれば、嬉《うれ》しそうな声を上げる。

　れんとは一輝の目から見ても、みなもによく懐いていた。

「ごめんなさいね、れんとったらまた、みなもちゃんの姿を見て走り出しちゃって」

「ふふ、大丈夫ですよ。いつものことですし……ね、れんと？」

「わんっ！」

「ったく、この子ったら……それにしてもみなもちゃん、随分とカッコいい男の子と仲がいいのね？　最近髪型も変えたし、もしかして……あら、あらあらあらあら⁉」

「ふぇっ⁉」「っ⁉」

　あらあらと囃《はや》し立てる声で、ようやく手を取ったままだということに気付く。慌てて距離を取る。

「か、海童さんとはそういうのじゃ！」「三岳さんとはそういうんでなくっ！」

「あらあらうふふふふ、邪魔しちゃ悪いから私は退散するわね。行くわよ、れんと」

「わんっ！」

そして何を勘違いしたのか、彼女は含み笑いをしたまま去っていく。今日に限って空気を読んだのか、れんとも聞き分けがいい。

後に残された一輝とみなもはお互い顔を気恥ずかしさと羞恥《しゅうち》で真っ赤に染めていると、一輝のスマホがメッセージ通知を告げた。

『あつい。ラムレーズン。クッキー&クリーム』

姉からだった。書かれているのは簡潔にそれだけ。

しかしいつもの調子を取り戻し、くすりと苦笑を零す。

どうしたのと首を傾げるみなもに、スマホの画面を見せる。

「……えっと、これは？」

「姉さんから、帰りにアイス買ってこいって」

「なるほど。って、お姉さんがいるんですね」

「頭が上がらない弟をやっているよ」

「ふふっ」

そして和やかになった空気の中、みなもはぐっと胸の前で拳《こぶし》を作り向き直る。

「例の子とも上手くいくといいですねっ」

「あぁうん、頑張るよ」

そして一輝は、決意に満ちた笑顔を返した。

第7話 出会い

日曜日の朝、霧島《きりしま》家のリビング。

ソファーに座らされた隼人《はやと》は渋面を作っていた。

「……まだ終わらないのか？」

「おにぃ、動かないで！」

「ひめちゃん、あまりキメ過ぎずふんわり流した方がよくない？　沙紀《さき》ちゃんはどう思う？」

「ふぇ⁉　ええっと、どれも新鮮な感じで印象も違ってくるといいますか……」

姫子《ひめこ》を中心に、かれこれ30分以上髪を弄られている。

時折服も別のものへと変更させられ、さながらちょっとした着せ替え人形状態。オシャレにこれといったこだわりもなく、されるがままの隼人。

見苦しくなければそれでいいだろうというのが本音なのだがしかし、きゃいきゃいと楽しそうに騒ぐ彼女たちに水を差すのも気が引ける。それに、別にイヤだというわけじゃない。

改めて目の前の3人に視線を移す。

ゆったりとしたカットソーにスキニーパンツを合わせた、少し大人っぽさを意識した姫子。

緩く編まれたサマーニットとパネルスカートを合わせた、高校生らしいカジュアルな姿の春希《はるき》。

そして、余所行きの少しオシャレなワンピースの沙紀。

3人とも、身内の贔屓目《ひいきめ》なしに可愛いとは思う。

妹、幼馴染《おさななじみ》、妹の親友。

隼人が彼女たちの傍にいるのは、たまたまそういう近しい関係だったから。

特に春希は再会してから私服にも気を配るようになり、どんどん魅力的になっていくのを間近で見ている。そのことを考えると、眉間《みけん》に皺が刻まれていく。

「これでよし！」

その時姫子の満足そうな声が、思考の沼に嵌《は》まりかけた意識を掬《すく》い上《あ》げた。

「お、いつもより男っぷりが少しだけ上がったかなー？」

「結構普段と雰囲気変わって、ちょっぴりドキリとしますね〜」

どんなもんよと胸を張る姫子。どうやら納得のいく仕上がりになったらしい。

隼人はやっと終わったかという解放感と共に、整髪剤でいつもと違う感覚のする髪を一《ひと》掴《つか》み。随分長く伸びてきている。

思い返せば最後に散髪に行ったのはいつだったか？　考えることしばし。

「今度、俺も美容院に行ってみようかな……」

「「「っ⁉」」」

ポツリと零れた呟《つぶや》きに、驚きを示す３人。

「は、隼人が色気づき始めた、だと……⁉」

「おにぃ、今朝なにか変なもの食べたの⁉」

「お、お兄さんが都会の色に染まっていく……」

隼人が彼女たちの反応に「……なんだよ」と唇を尖《とが》らせれば、珍しく春希が「まぁまぁ」と宥《なだ》めすかすのだった。

初秋の日差しは随分柔らかくなったものの、まだまだ夏が名残惜しいとばかりに熱気を孕《はら》んでいる。

歩けばじんわりと汗ばむような陽気だ。しかし絶好の行楽日和でもあった。

最寄り駅の改札口はどこかへ出掛けようとしている人々を、片っ端からぺろりと呑み込んでいく。

そんな中、隼人と沙紀は券売機に並んでいた。

「えぇっと、今いる現在地の駅は……駅は……どこだろ……」

蜘蛛《くも》の巣《す》のように細かく張り巡らされた路線図を見て、ぐるぐると目を回しそうになる沙紀。隣で切符を買い終えた隼人が、その姿を見て助け舟を出す。

「180円の切符を買うといいよ」

「あ、ありがとうございますっ」

「俺も最初、路線図を見て目が迷子になったもんだ」

「あはは、色んな駅だらけで乗り換えとかも複雑で混乱しちゃいますよね」

「そうだなぁ、俺もまだまだ慣れないよ」

お互い苦笑を零しながら改札を抜けると、そこでは先行していた姫子と春希が遅いと言いたげな顔で待っていた。沙紀と顔を見合わせ、肩をすくめる。

そしてホームに出ると同時に電車がやってきたので、これ幸いと乗り込む。

車内は座席が全て埋まり、手すりに摑まる人が散見される程度に混んでいた。その様子を見た沙紀がポツリと呟く。

「すごい、席が全て埋まってる……満員電車だ……」

隼人は一瞬沙紀の言葉の意味がわからず車内を二度見し、姫子は思わず吹き出した。そして春希はにっこりと微笑み、やけに優しい声色で語りかける。

「沙紀ちゃん、本物の満員電車ってぎゅうぎゅう詰めになるくらいだから。今の3倍くらいの人が乗らないと、だよ」

「えっ⁉」

信じられないとばかりに瞠目《どうもく》し、人で埋まっている席へ視線を走らせる沙紀。本当なの？　と問いただす目を向けられた姫子は、苦笑いを返し、無理矢理話題を変えた。

「ところで沙紀ちゃん、こっちだと電車の移動にＩＣカードあると便利だよ」

「それって、改札にピッとかざしたりするやつ？」

「ボクはスマホのモバイルアプリを使ってるよ。ポイントも溜《た》まるしね」

「へぇ～、私もそれ使おうかな……」

「うんうん、ぜひ。っていうか、おにぃは何で作らないのさ？」

「それは……」

妹にジト目を向けられ、言葉を詰まらせる。

あまり必要性を感じない、というのが正直なところだ。最近バイトや病院の見舞いも電車賃をケチって徒歩だから、なおさら。

「そういや沙紀さん、今日はどういう風に回っていく感じ？」

「え、えっとまず身の回りで必要そうな小物を買って、服を見て、最後にどれだけ余裕がありそうか把握してから家具とかの大物回ろうかな、と」

「そうか、荷物持ちの応援も呼んでるし、バンバン買ってくれ」

そう言って隼人は強引に話題を変えた。

姫子が「あ、おにぃ逃げた！」と声を上げれば、沙紀も春希もあははと苦笑い。隼人はやれやれとばかりに頭を掻《か》いた。


電車に揺られること20分と少し、目的地へと到着した。

世界でも有数の乗降客数を誇るこの駅は、さながら複雑な要塞《ようさい》か巨大な迷路のようでいて、列をなした人の群れが川のように絶えず流れている。何度か遊びに来てはいるものの、気を抜くとどこかへ流されそうになり、未だ慣れそうにない。

ましてや初めてここを訪れた沙紀は、完全に圧倒され目を回していた。

「わ、わ、わ、人がっ⁉」

「あはは、沙紀ちゃんこっちだよー。はい、手」

「ううう〜……」

人波に呑《の》み込まれ、どこかへ連れ去られそうになる沙紀。姫子に助けられ、そのまま迷子にならないようずっと手を繋《つな》いでいる。いつもとは逆の構図に隼人の頬が緩む。

それでも駅ビル内に溢《あふ》れているお店や広告が珍しいのか、視線をきょろきょろとあちらこちらへ彷徨《さまよ》わせる様子は、正にお上りさん。

そんな彼女の後ろ姿を温かく見守っていると、くすりと微笑みを零す春希と目が合った。

「沙紀ちゃんにもあんな子供っぽいところあるんだね」

「はしゃぐ気持ちはわかるな、俺もそうだったし。でもそれだけじゃなくてさ」

「うん？」

「遠慮とかしないで、俺たちにも素の顔を見せてくれるようになったんじゃないかなって思う。……あの日、宣言してくれたように」

「…………そっか。そうだね、うん、きっと」

そう言って春希は、少しだけ眉《まゆ》を寄せて小さく笑った。

やがて待ち合わせ場所である、鳥のオブジェが見えてきた。

「鳥さんのオブジェ！　ね、ね、姫ちゃん、鳥さんのオブジェ本当にあるよ!?」

「あたしさー、これ初めて見た時、想像よりかなり小さいって思ったんだよねー」

「確かに！　有名なのにね！」

「「ねーっ！」」

沙紀は今までテレビやネット越しでしか見たことのなかったシンボルマークにテンションを上げ、姫子もそれに釣られる。

2人がきゃいきゃい騒いでいると、「やぁ」と気安い声を掛けられた。

「今日は一段とオシャレだね。よく似合ってるよ。いつもより少し大人っぽいかな？」

振り返り、きょとんとした表情になる姫子。

ビクリと固まり、目をぱちくりさせる沙紀。

2人の視線の先にいるのは、いつもよりキラキラ度が増した一輝《かずき》だった。人好きのする笑みをにこりと浮かべ、ひらりと手を振っている。

見つめ合うことしばし。

やがて状況を把握した姫子が「あ！」と声を上げた。

「一輝さん！　もしかして髪切ったりしてません？」

「よく気付いたね。えっと、どうかな？」

「似合ってますよー、前よりイケメン度が上がってる感じ？　あたしも一瞬誰かわかんなくて、もしかしてナンパ⁉　って思っちゃいましたもん！」

「あはは、ナンパって。姫子ちゃんくらい可愛ければ、よく声を掛けられるんじゃない？」

「いやー、ないない、全然ですよ。それより髪は美容院に行ったんですか？」

「うん、姉さんのおススメの店を教えてもらってね」

「わぁ！　お姉さんいるんですか⁉　どんな人かな⁉　写真とかあります⁉　会ってみたいなぁ！」

「え、えっとそれはその、機会があったらで」

一輝に姉がいるということを漏らせば、姫子が目を輝かせた。

たじたじになる一輝。

どうにか誤魔化そうと視線を走らせ、そして隣にいる沙紀に気付く。

「ところで隣の子は……？」

「あ、こちら沙紀ちゃん！　昔からの親友なの。で、沙紀ちゃん、こっちの方は一輝さん。おにぃの友達！」

「ふぇ⁉　む、村尾《むらお》沙紀です……その、御菓子司《おかしつかさ》しろにもいましたよね？　えっと改めて初めまして……」

沙紀はいきなり話の水を向けられて、驚きつつもぺこりと頭を下げる。

「こちらこそ改めて初めまして、僕は海童《かいどう》一輝。隼人くんお手製のかき氷はどうだった？」

「っ⁉　え、えぇっと、それは……」

一輝の軽口に、あたふたと顔を赤らめる沙紀。

すると御菓子司しろという単語に反応した姫子が、ぐいっと問い詰めるように一歩前に出る。

「そうだ、一輝さんもあそこでバイト始めたんですか？　驚きましたよ、もぅ！」

「たまにヘルプに入るくらいだけどね。あの日はたまたま人手が足りないって聞いてさ」

「へぇ、でも結構堂に入ってましたよ？　あの時みたいにホストっぽい接客してたら人気になると思います！」

「あはは、アレは姫子ちゃんたちだったから。他のお客さんにやったら怒られちゃうよ」

「あーなるほど、同僚《おにい》の妹への特別サービスみたいなものね」

「僕としては隼人くんの妹だからじゃなくて、友達だからこそって思って欲しいんだけどね」

「へ？」

そう言ってぱちりと片目を瞑《つぶ》る一輝。

姫子は一瞬面食らうものの、はたと何かに気付いた様子でパチンと手を鳴らす。

「あはっ、今度はさっきのナンパの続きですか？　一輝さんおもしろーい！」

「……お気に召したようでなにより」

一輝の口元が少しだけ引き攣るも、すぐににこりと仮面《笑顔》を貼り付ける。

すると愉快気な笑い声を上げていた姫子が、「あ！」と声を上げた。

視線の先にあるのは道路脇に停められている派手なキッチンカー。車体には生クリームたっぷりの見るからに甘そうなクレープの絵が描かれており、若い女性客がたくさん並んでいる。

「わ、わ、クレープ！　クレープだよ！」

「車で作ってる⁉　どうなってるの⁉」

「おにぃ、ちょっと行ってくる！　待ってて！」

「わ、私も！」

みるみる瞳《ひとみ》を輝かせていく姫子。もう堪らないとばかりに、沙紀を引っ張る形で突撃していく。

あっという間の出来事だった。

2人の背中を見送った一輝が苦笑を零していると、春希が揶揄《からか》うように声を掛ける。

「あーあ、海童ってばフラれてやんの」

「そうだね」

「ていうか、俺は初めてクレープ屋台を目の当たりにした姫子の気を他に引けるものがあったら、それこそ逆に知りたいぞ」

「「……ぷっ」」

ジト目で呆《あき》れる隼人に、それもそうだと笑い声を上げる春希と一輝。

最後尾に並び、メニューの看板を指差し子供のようにはしゃぐ姫子と沙紀の姿に、目を細める。

すると一輝がしみじみと言葉を零した。

「姫子ちゃん、やっぱり他の子と違って面白い子だよね」

「え、なに？　もしかして海童、ひめちゃん狙ってんの？」

「まさか！　そんなんじゃないよ。もっと仲良くなりたいとは思うけどね」

「ふぅん？　まぁひめちゃん可愛いからなぁ……ね、隼人？」

「……俺に振るなよ」

妹の話題を向けられて、何とも言えない表情になる。春希の揶揄いの目は隼人にも向けられていた。

ガリガリと誤魔化すように頭を掻き、場を仕切り直すためにコホンと1つ咳払《せきばら》い。そして、ジッと一輝を観察してみる。

姫子が指摘したように一見いつもと同じようでいて、しかし具体的にどこがどうとか言えないものの、普段より爽《さわ》やかさが増しているような印象を受ける。きっと姫子が出掛ける時に気合を入れたような何かが作用しているのだろう。

なるほど、と1人納得しながら一輝に尋ねてみる。

「あーその髪、美容院だっけ？　その……」

「隼人くんが美容院……あぅうん、今度教えるよ」

「すまん助かる、サンキュ」

「ははっ、これくらいなんてことないよ」

一輝は一瞬驚きを見せたものの春希たちのように揶揄うのではなく、むしろ彼女たちにちらりと視線を走らせ、どこか納得した声色で言葉を返す。

それがなんだか心の中を見透かされた感じがして、背中をむず痒《がゆ》くしていると、隣の春希がポツリと呟《つぶや》いた。

「隼人が美容院行ってみようって、もしかして沙紀ちゃんが切っ掛け？」

「へ？」

予想外の言葉に思わず変な声が出る。春希を見返せば、その目はやけに真剣な色を帯びていた。

自らに問いかけるように思い返す。よく話すようになって、どんどんと色んな姿を現し変わっていく沙紀を見て、眩《まぶ》しく感じている。

……目の前の春希のように。

翻って自分はどうなのだろう？　どこか焦りのようなものを抱えている。

それを認めるように、しかしそんな気持ちを悟られないように、重々しく口を開く。

「……かもな」

「……そっか」

春希はそんな隼人を見つめ、困ったような顔で曖昧《あいまい》に笑った。


クレープを買って来た姫子と沙紀を出迎え、通行の邪魔にならないように道の端へと移動した。そこで2人はクレープを啄《ついば》んでいる。どうやら彼女たちにとって食べながら歩くというのは、とても高度なスキルだったらしい。

「わ！　キャラメルとパンプキンがこんなに合うなんて！　あ、でも沙紀ちゃんのチョコバナナもすっごくおいしそう！」

「こっちは生クリームたっぷりのふわふわだよ！　姫子ちゃん、一口交換しよ？　はい、あーん」

「あーん……んっ、こっちもおいしい！」

「あ、姫ちゃん、生クリーム付いちゃってる！」

「え、どこ⁉」

鼻先に生クリームを付けた姫子が、口周りに舌をちろりと彷徨《さまよ》わせる。

それを見ていた一輝は苦笑と共に「ここだよ」と言ってサッとハンカチで拭《ふ》き取れば、姫子は「ぁ」と少し切なげな声を上げてハンカチを見つめた。

意外な反応に驚き、固まる一輝。

ジト目の隼人はため息を1つ、正解を教える。

「クリーム勿体《もったい》ないから舐《な》め取りたかったんだよ、一輝」

「っ⁉　おにぃ、デリカシーっ！　一輝さん、ありがと——って笑わないでくださいよ、もぉ〜っ！」

「あはは、ごめんごめん」

「姫ちゃん、昔から食い意地張ってるから……」

「沙紀ちゃんまで⁉」

姫子が沙紀に裏切られた⁉　と言わんばかりの目を向ければ、沙紀を中心に笑いが広がっていく。

隼人はそんな残念な妹に呆れながら、スマホに視線を戻す。画面には近隣の店情報がずらりと並んでおり、あまりの多さにどこをどう巡っていいのかわからない。

「どうするかなぁ……」

迷いが言葉となって口から飛び出せば、春希がきょとんとした顔で覗《のぞ》き込んできた。

「どうするって何を？　お店？」

「うん、そう。こうもたくさんあるとなぁ」

「ふふっ、こういう時そこに行けば大抵のものが揃《そろ》う店知ってるよ」

「お、どこだ？」

「百均」

「あ、なるほど。あの大きな――」

「百均ですか⁉」

すると春希の声を拾った沙紀が歓声を上げた。その瞳はキラキラと期待で輝いている。

隼人は目をぱちくりさせた後、「決まりだな」と言って微笑み返した。

日曜日の都心部は人でごった返している。

背の高いビルがいくつも建ち並び、様々な店が軒を連ねている間を、人波の流れに乗ってすいすいと泳ぐように歩く。

もう何度か来ているものの相変わらずの街の規模と人の多さに圧倒され、ついキョロキョロと周囲を物珍しく見てしまう。

「……ぁ」

「……春希？」

するとその時、春希が小さく声を上げた。その声色にはどこか寂しさが滲《にじ》んでいる。

隼人がどうしたことかと怪訝《けげん》な視線を向けると、春希はそこで初めて自分が声を漏らしてしまったことに気付き、しまったとばかりに気まずそうな顔を作る。

一瞬眉間《みけん》に皺《しわ》を寄せ逡巡《しゅんじゅん》するも、躊躇《ためら》いがちにとある店を指差した。

「えっと、あそこ」

「保護猫カフェひだまり？」

「そのさ、つくしちゃんのこと思い出しちゃって……」

「あぁ……」

つくし——月野瀬《つきのせ》の荒れ果てた二階堂《にかいどう》家の蔵、かつての春希の部屋で見つけ保護した子猫。つくしを巡るやりとりを思い出し、そして何ともいえない表情をしている春希を目にして、隼人も口を噤《つぐ》んでしまう。

　そんな隼人の顔に気付いた春希は、慌てて取り繕うように笑顔の仮面を貼り付けようとして――隼人は咄嗟《とっさ》に、それを遮るように言葉を浴びせた。

「こないだ沙紀さんがグルチャに上げてたつくしの写真さ、お腹おっぴろげて寝転んでて、見てる方も幸せになるような、緩んだ顔してたよな」

「え？　あ、うん、可愛かったよね。実際心太《しんた》くんやおじさんもデレデレみたいだし」

「おじさん、毎日のように写真を送り付けてくるんだっけ？」

「そうそう。沙紀ちゃんも都会に行った娘より、つくしちゃんの様子の方を気にしてるってぼやいてたよ」

「それはおじさんが悪い」

「でも、つくしちゃんのおかげでお父さんとの会話が増えたってさ」

「あはは、じゃあつくし様々だな」

「ふふ、そうだね」

　顔を見合わせ笑い合う。

　いつもの空気が流れる。

　ひとしきり笑った後、隼人は前に向き直り、そしてなんてことない風に言葉を零す。

「でもさ、こうして笑ったりできるのも、つくしを見つけて助けようとした春希のおかげだから」

「……っ！」

一瞬立ち止まり、目をぱちくりとさせる春希。

「……そっか」

そして胸に手を当て、じんわりとした笑顔を滲ませて隼人の後を追おうとして、あることに気付き声を上げた。

「あれ、沙紀ちゃんは？」

「……え？」

春希に指摘され周囲に視線を走らせるも、姿が見えない。

不審に思った隼人は、少し後ろで騒いでいた姫子と一輝に尋ねる。

「姫子、一輝。沙紀さんどこだ？」

「だーかーらー、私は別に食いしん坊じゃ――え、沙紀ちゃん？　あれ……？」

「おや？　どこだろ……あそこだ！」

「あれは……」

周囲を見回し、沙紀の姿を見つけた一輝が指を差す。

そこには見知らぬ女性に引き留められ、話をする沙紀の姿。

「超音波が毛穴の汚れを落とし、低周波の電気で筋肉を刺激して顔のリフトアップ効果も望め、今よりもっと美人になれるんです！」

「そうなんですか？　でも私にはまだこういうのは早いというか、それにお金も……」

「いえいえ、若いからこそ周囲と差をつけるんです！　確かに30万円は高額だと思いますが、今この新商品のモニターへ登録してもらって毎月使った後の写真を送っていただけたら毎月3万円の謝礼金が！　ほんの1年も経てば儲《もう》けに転じるんですよ！」

「まぁ、それはお得ですね！」

「ですです！　なので是非――」

「すいません、この子俺の連れなんで」

「っ⁉」

慌てて飛び出した隼人は、彼女から遠ざけ守るかのように沙紀の手を摑《つか》み引き寄せた。

腕の中に納まる沙紀は、「え？　え？」としきりに隼人と彼女を交互に見やる。

彼女は突然の隼人の行動に虚を衝《つ》かれたものの、すぐさまにこりと胡散臭《うさんくさ》い笑みを貼り付け、パンッと手を叩《たた》きながら媚《こ》びるような声色でセールスを謳《うた》う。

「あ、もしかして彼氏さんですか？　今この美顔器で彼女さんを――」

「そういうの結構ですので！　行こう、沙紀さん」

「か、かれっ⁉」

しかしもう話すことはないと会話を打ち切り、踵《きびす》を返す。背後からは「チッ」と彼女の忌々しそうな舌打ちが聞こえてきた。

「沙紀さん、あれキャッチセールスだから。嫌だったり興味なかったりしたら、はっきりと断らないと」

「……え？　……ぁ」

隼人が呆《あき》れ交じりの、しかしやけに真剣味を帯びた声で諭せば、そこで沙紀は初めて自分の先ほどの状況がどういうものかと思い至り、何とも言えない声を上げる。

そして皆のところへ戻ると、一輝がお疲れとばかりに片手を軽く挙げ、姫子が沙紀の下へと駆け寄った。

「だ、大丈夫だった、沙紀ちゃん？」

「う、うん。お兄さんが助けてくれたから」

肩を落とす沙紀に、春希も慰めの言葉を掛ける。

「まぁまぁ、ああいう人って強引でしつこいし、しょうがないよ。隙を見せるとすぐに近寄ってくるからね」

「沙紀さんも田舎から出てきたばかりだから、気を付けて。あと可愛いということも自覚した方がいいんじゃないか？」

「ふぇ!?　あうぅ……」

そして隼人の苦言に顔を赤らめ俯《うつむ》く沙紀。

すると姫子が「おにぃ言い過ぎ、デリカシー！」と兄に詰め寄る中、それらの様子を見ていた一輝が何かを懸念するかのような声でポツリと呟《つぶや》く。

「……隼人くんって、たまに不意打ちで凄《すご》いこと言うよね」

隣にいた春希は、不本意と言いたそうな顔で「そうだよね」と、小さく呟いた。

百均ストアにやってきた。

地上5階、地下1階、総売り場面積1000坪以上の国内有数の規模を誇る、以前スマホを春希と共に買いに来た時にも寄った店だ。

「「……すっご」」

店内に足を踏み入れた瞬間、生活用品からインテリアや趣味、車、ＤＩＹ用品といった多種多様な商品に出迎えられ、姫子と沙紀は唖然《あぜん》として声を上げた。

「これが全て100円だなんて……」

「お菓子に文具にコスメ……わ、あの小物入れ可愛い！」

瞳《ひとみ》をキラキラさせて、商品への期待感を募らせている。

そして購買意欲を刺激されているのは、なにも2人だけではない。

「土管とゴミ捨て場のミニチュアに納豆専用かき混ぜ棒、それに温泉卵作り機⁉　ボクちょっと色々見てくる！」

「あ、待ってよはるちゃん、あたしも！」

もう堪らないと店の奥へと駆けだす春希と姫子。

後に残された隼人たちは一瞬呆気《あっけ》に取られた後、眉《まゆ》を寄せて顔を見合わせる。

「……ええっとその、俺たちも行こうか」

「そうですね。あ、必要そうなもの、リストアップしておきました。はい、これです！」

「お、助かる」

そして沙紀に手渡されたメモを片手に、買うものを3人で見ていく。

「このコップとかオシャレじゃないですか？」

「洗いやすそうだし、いいんじゃない？」

「待って、それよりもさっき選んでいたお皿を考えると、こっちの色の方が合うんじゃないかな？」

「あ、確かに！」

「……そう言われると、一輝の言う通りかも」

一輝の物を見定めるセンスが、きらりと光っていた。

「なぁ一輝、収納を揃えるとしたらこれとこれ、どっちがいい？」

「ハンドタオルですけど、この組み合わせはどうでしょう？」

「えぇっと、色合いだけでなくデザイン的にも――」

尋ねればしっかりと理由や他の好例を示してくれる一輝に、次第に隼人だけでなく沙紀も積極的に意見を求めるようになっていく。買い物もスムーズに進む。

ややあって、しっかりと吟味を重ねて必要なものを揃え、会計を済ます。

そしてレジを出たところで隼人はごく自然に荷物を手にする。

沙紀が「ぁ」と声を上げるのと、一輝がさりげなく申し出を口にするのは同時だった。

「隼人くん、半分持つよ」

「なら、割れ物は俺が持つから、残りは任せていいか？　かさ張ってるけど、さほど重くないし」

「オッケー……ってほんとだ、軽いね」

「だろ？　持ちにくいけどな」

「あはは、確かに」

荷物を分け合う隼人と一輝。

すると沙紀が少し申し訳なさそうな顔でぺこりと2人に頭を下げる。

「す、すいません、荷物持ってもらっちゃって」

「いいっていいって、元からこのつもりだったしな」

「それに隼人くんにとって、いい予行演習になったんじゃない？」

一輝は揶揄《からか》いの含みを持たせた言葉を返す。その瞳はお礼を選ぶのに彼女の好みの方向性がわかってよかったねと言いたそうだ。

「っ⁉　おい、一輝！」

「あははっ」

隼人が空いている手で一輝を小突くも、笑って受け流されるのみ。

沙紀は2人のやりとりに目を瞬《しばたた》かせ、しみじみと言った。

「仲が良いんですね」

「っ⁉」

沙紀の指摘に言葉を詰まらせる。

そして一輝を一瞥《いちべつ》した後、ぷいっと顔を逸らし、気恥ずかしそうに口を開く。

「まぁその、友達、だからな……」

「っ⁉」

するとー輝も不意打ちを受けたように目を丸くさせ、「ええっと、うん、そうだね」と言って照れくさそうに顔を逸らす。

沙紀はそんな2人に眩《まぶ》しそうに目を細め、くすくすと笑うのだった。


その後お昼になったので、姫子の「いいお店知ってるよ！」との発言から、若年層に人気の低価格で有名なイタリアンのファミレスへと向かうことになった。以前、映画を見に来た時に利用した店でもある。

ファミレス自体が初めての沙紀は「注文が食券じゃない⁉」「ドリンク本当にどれも何度も頼んでいいの⁉」「これで300円とか、家で作るより安いんじゃ……」と、いつぞやの隼人や姫子と同じような反応を示す。

そんな沙紀に姫子はドヤ顔で「ちゃんと頼めてるかどうか不安ならタッチパネルの履歴で見られるよ？」「ドリンクバーでジンジャーエールとグレープジュースを合わせてモクテルとか出来るんだから」と、いかにも手馴《てな》れている感を出して教えている。

まだファミレス自体2回目なことを知っている隼人はジト目で妹に呆れつつ、皆が食べ終わった頃を見計らい、話を切り出した。

「この後はどうする?」

「あたし、秋物見に行きたい!」

「そうですね、さっきの百均で当座のものはあらかた揃《そろ》っちゃいましたし」

シュタッと手を上げて主張する姫子。沙紀も同調する。

そこへ一輝が確認するかのように尋ねた。

「てことはシティかな?」

シティという言葉に一瞬ビクリと身体を強張らせ、反射的に春希の方を見てしまう。

その表情を確認する前に、すぐさま姫子が一輝の言葉を引き継ぐ。

「あ、いいですね、あそこ色んなお店が入ってるし! まぁ今日は何のイベントもないのが、ちょっとアレな感じですけど!」

そして姫子が春希に視線を向けていることに気付く。どうやら事前にシティのイベント情報を把握していたらしい。その横顔は少しだけ大人びて見えた。

(姫子、あいつ……)

春希も多少驚きつつも、目が合えばニコリと微笑む。どうやらシティ行きは問題ないようだ。

「わかった、じゃあシティに行こうか」

「シティって、あの大きなビルが目印のシャインスピリッツシティですよね？　私、楽しみです！」

「あそこだと僕たちも僕たちで見たいものがあるから、丁度いいんだよね」

「そうなの、おにぃ？」

「あぁ、だからシティでは男女別で買い物にしようか」

こうして次の予定が決まったところで、席を立った。

シャインスピリッツシティは60階もあるランドマークタワーを中心に様々な建物が結びついている。その威容はまるで現代の城郭さながら。都心部の中でも一際目を引く存在だろう。

そんなシティを前に沙紀はあんぐりと口を開け、目を大きく見開きながら、不安そうな声を漏らす。

「こ、ここって入場料とか取られたりしませんよね？」

「お店だから入るだけなら当然タダだよ、沙紀さん」

「わ、わ、確かに！」

「あはは、隼人くんも初めて来た時、同じことを言ってたよね」

「おい、バラすな一輝！」

「へぇ、おにぃが」

「なるほどなるほど」

にやにやする姫子と春希の視線を受け、逃げ出す一輝を追いかけるように店へと入る。

そして目に飛び込んできた光景に、思わず足を止めた。

各所には赤、黄、オレンジ系の暖色に彩られた数多くの横断幕や宣伝シート。『秋ってこんなに楽しい！』『もう今年の秋を試しましたか？』『いち早く包み、包まれる秋！』、そんな言葉が至る所で躍っている。

戸惑う隼人とは裏腹に姫子と沙紀は色めき立ち、目をきらきらと輝かす。

「わ、わ、この秋最速割引10％オフだって⁉」

「この期間限定で購入するとお得なクーポンが⁉　早く行こ、姫ちゃん！」

「うん、はるちゃんも行くよーっ！」

「ボ、ボクはやっぱり隼人たちの方と――みゃあああぁ～～～～っ！」

女子2人の勢いに戦慄《せんりつ》した春希は抵抗も虚しく、引き摺《ず》られるようにして連れ去られていく。その後ろ姿をご愁傷様とばかりに見送る。

「さて、僕たちも行こうか」

「おう、そうだな」

そして一輝に先導される形で、この場から移動した。

やってきたのは落ち着いた雰囲気の小洒落《こじゃれ》た雑貨店。デザイン性の高い小物入れやペンスタンド、モダンな感じのマグカップやティッシュケースといった女の子が好みそうな実用品が並べられている。

そして隼人の目から見ても、どれも出来の良さが窺《うかが》い知《し》れた。それでいて値段が高すぎるというわけではない。ここなら丁度いいものが探せそうだ。

「どうかな？」

「すごいな、というか、よくこんな店を知っていたな？」

「姉さんが贔屓《ひいき》にしている店でね」

「……なるほどね」

苦笑する一輝と共に早速店へと入り、相談しながら色んなものを見て回る。

「やっぱり、先ほど買ったものとは被らない方がいいだろうね」

「沙紀さんもしっかりと選んでたしなぁ。となると、それらと違う実用品は……」

「あれば嬉《うれ》しいけれど、なくても困らないもの……隼人くんならどんなものを思い浮かべる？」

「……トイレの詰まりを直すラバーカップ」

「ぶはっ！　あはははははははっ！」

「わ、笑うなよ！　俺もちょっとこれはないなって、わかってるし！」

腹を抱えて笑い出す一輝。

さすがに自分の発言に問題があることに自覚があった隼人はしかし、一輝の反応に不貞腐れた顔でガリガリと頭を掻《か》く。

「そもそも、女の子が欲しがるものってよくわからないんだよなぁ」

「食べ物とか無難なんだろうけどね」

「俺もそれは考えたんだが、何かしっくりこなくて……」

「やはり形にして表したいっての、あるよね」

「そうかな……そうかも……けど結局何にすれば……」

話が振り出しに戻る。

悩ましい空気が流れることしばし。一輝がふと気付いたとばかりに声を上げた。

「うーん、じゃあ隼人くんが村尾さんに使って欲しいものってなんだろう？」

「俺が沙紀さんに使って欲しいもの？」

「ほら、普段の彼女を見ていてさ、こういうものがあればいいんじゃないかなって思う物とかない？」

「…………ぁ」

その時ふと沙紀と、そして春希からもらった誕生日プレゼントを思い返す。

狐のワッペンが縫い付けられた可愛らしいエプロンに、シンプルで武骨な、しかしはるきらしいスマホケース。どちらも隼人の生活に彩りを添えてくれている。

するとストンと胸に何かが落ちると共に、あるものが閃《ひらめ》いた。

「……よし、決まった。ちょっと色々見てくる」

「おや？　僕も手伝うよ」

何にするかを決めてからは、今まで悩んでいたのが嘘みたいに早かった。

いくつもあるデザインの中、一輝には相談するというより、自分の中にあるものを整理して形にする手伝いをしてもらうように話し、選んでいく。

やがてこれというものに決め、会計を済ませた。

しかし不安がないわけではない。こういう買い物をすることが初めてだから、余計に。

「これで大丈夫かな？」

弱気が言葉となって口から零れれば、一輝は「うーん」と不安を煽《あお》るかのように唸《うな》った後、しかし優し気な声色を返す。

「大丈夫、村尾さんは隼人くんからの贈り物なら何でも喜ぶよ」

「……やけにハッキリと言うんだな？」

「そりゃ、あれだけ信頼されて、懐かれている様子を見せられればね？」

「そうか？　ついこないだまでほとんど話さなかったし、まぁ嫌われてないならいいんだけど」

「うーん、でも彼女って、昔からの知り合いでもあるんだよね？」

「そうだけど、でもそれは……」

「じゃあ質問を変える。隼人くんは村尾さんのことを女の子としてどう思ってるの？」

「――っ⁉」

思わず頭が真っ白になる。

考えたことも、否、考えることなんて除外していたことだった。沙紀は月野瀬の名士の家の一人娘な上、妹の幼馴染《おさななじみ》なのだから。

戸惑う隼人に一輝が問いかける。

「もし村尾さんが隼人くんを――」

だがそこで言葉を区切り、そしてやけに真剣な眼差しを作る。言葉を選び、どこか実感の籠《こ》もった声色で忠告した。

「ちゃんと考えた方がいい。――だって僕は、それで失敗したからね」

「一輝……」

あまりに真剣で、そして苦々しい顔だった。――胸が痛くなるほどに。隼人のことを思って言っているということがわかるから、なおのこと。

「…………」

隼人はそれ以上何も言えなくなる。

一輝はそんな友人を責めるのではなく、どこか困ったような顔を向けるのだった。

◇◇◇

シャインスピリッツシティの専門店街は、休日ということもあって多くの客で賑《にぎ》わっていた。

そして月野瀬の麓《ふもと》にあるショッピングモールと違って、若い人が多い。

店も彼らに合わせたものばかりで、誰でも着こなしやすい可愛い系のカジュアルやシーズントレンドをふんだんに取り入れた大人っぽいところや、フリルやレースが多めの女の子らしさを強調したところや、レザーやファーで攻めたブランドもあれば、奇抜なデザインや柄を売りとしたところなど千差万別だ。

各々のブランドの特色が店ごとによく表れており、沙紀は見ているだけでも楽しくなって、テンションが上がるのを自覚する。

それは親友の姫子も同じのようで、２人は水を得た魚のように人の海を掻《か》き分《わ》けながら色んな店を梯子《はしご》する。……春希を引き摺りまわしながら。

「沙紀ちゃん沙紀ちゃん、こんなのもどうかな⁉」

「わ、わ、これも素敵だね～！　でもこれも、私にはちょっと雰囲気が甘すぎないかなぁ？　あと露出も多いし」

「そんなことないっ！」

「ひ、姫ちゃん？」

「確かに沙紀ちゃんは普段巫女《みこ》服のイメージもあって、キチッとしていてすっきりとした感じのイメージがあるよ。けどこういう系も絶対似合うと思うんだよね。ギャップもあってさ」

「そ、そうかな～？」

「せっかく都会に来たんだし、思い切ってイメチェンしてみるのもありかもだよ？」

「イメチェン……」

「ほらほら、合わせたり試着したりするのはタダなんだから！」

「うん」

姫子はフンス、と鼻息荒く熱弁し、押し付けてくる。

この店で既に3着目だ。そろそろ試してみても――と思ったところではたと気付く。

「ところで姫ちゃんの分は――」

「あ！　あそこのやつ、はるちゃんに似合いそう！」

「みゃっ⁉」

「――ぁ」

沙紀が言いかけたところで、またも何か興味を引くものを見つけた姫子は、春希の手を取りぴゅうっと飛び去っていく。

1人残された沙紀は、あははと苦笑い。

そしてジッと手元の服を見つめ、きょろきょろと周囲を見回す。店の入り口で姿見の鏡を発見し、そわそわとした様子で近寄り服を広げた。

「どれもこれも、みんな可愛いなぁ」

思わずほぅ、とため息が漏れた。

それぞれ自分に当ててみては、着ている姿を想像してみる。

事前にネットで服を見て想像したりはしていたものの、やはり実際手に取って合わせてみるのとでは、イメージできるものは大違いだ。

「これはどうかな……ちょっと子供っぽい？」

今当てているのは鮮やかなパステルカラーが印象的な、あどけなさが強調されるもの。

「こっちは……可愛いんだけど、ちょっと派手かなぁ？」

次に当ててみたのは、明るい色合いで肩が大きく露出されるもの。

どちらも可愛いし、惹《ひ》かれるところがある。

しかしどちらも今まで沙紀とはあまり縁がなかった系統のものでもあった。

果たして自分に似合うだろうか？　着こなせるだろうか？

沙紀は自分が田舎者だというのを自覚している。

なにせまだ緑溢《あふ》れる月野瀬から都会に出て来て、10日ほど。

昔からおさげにしている髪型だって、元々は周囲より色素の薄さが目立たないようにと纏《まと》めているだけなのだ。

ふと、姫子のイメチェンという言葉が脳裏を過《よぎ》る。これらの服を着て、いつもと違う自分になって、隼人の前に立ってみた時のことを想像してみた。

ドキリとしてくれるだろうか？

驚いてくれるだろうか？

可愛いと思ってくれるだろうか？

それとも変だと、似合わないと思われ、苦笑いをされやしないだろうか？

様々な隼人の反応を思い巡らしてみては、赤くなったり青くなったり、一喜一憂の百面相。

するとその時、背後から遠慮がちに声を掛けられた。

「あ、あのぅ……」

「ひゃ、ひゃあっ⁉」

そんな状態で急に声を掛けられたものだから、驚き、小さく飛び上がってしまう。

「ご、ごめんなさいっ⁉」

「い、いえ私もその、えっとぉ……」

声を掛けてきた人も沙紀の過剰ともいえる反応に驚き、申し訳なさそうにぺこりと頭を下げてきた。沙紀も慌てて反射的に頭を下げる。

そして沙紀はそこで初めて自分が姿見の前を占領し、ころころと色んな表情を浮かべていたことに気付く。不審者じみた姿だったかなと、頬が熱を帯びていく。

何とも言い難い空気が流れ、そしてどちらからともなく「「あはは」」と誤魔化すような乾いた笑いを零す。

顔を上げ、声を掛けてきた人を見てみる。

第一印象は、なんともちぐはぐな感じを受けた。

明るく染め上げられた髪をひっつめにして、地味な帽子に眼鏡。しかしそれでも整った顔立ちは隠せてはいない。

身に着けているものも、今沙紀が手にしているものと同じような服を、ものの見事に着こなしている。もしかして、この店の服を愛用しているのだろうか？

彼女は目立たないようにも気を配っているが、それでも綺麗《きれい》な少女だった。思わずため息を吐いてしまう。

そんな彼女はといえば、どこか言い辛そうにもじもじしている。

いったい自分に何の用なのだろうか？

色々と考えを巡らせていると、思わぬ言葉が彼女の口から飛び出した。

「あの、もしかして好きな人がいるんですか？」

「…………ぇ」

沙紀は大きく目を見開き、息を呑《の》む。

「そ、その、間違っていたらごめんなさいっ」

「あのそのえっと、どうしてわかったんですか⁉」

「わ、私もそうだから……っ」

「っ！」

そう言って彼女は睫毛《まつげ》を伏せ、顔を真っ赤に染める。

「な、なんだかかつての自分を見ているようで、それでつい声を掛けてしまって……いきなりで迷惑でしたよね、すいません。あはは、何やってんだろ、私……」

彼女としても突発的な行動だったのだろう。羞恥《しゅうち》から身をくるりと翻し、この場を去ろうとする。

沙紀としても見ず知らずの相手にたまたま声を掛けられただけだ。このまま見送ればいい。

だけど沙紀は振り返り際に彼女が見せた顔に、寂しさと後悔に似た色が浮かんでいることに気付いてしまい――とても他人事《ひとごと》だとは思えなくなってしまった。

「あ、あのっ！」

「っ⁉」

気付けば彼女の手を握りしめていた。今度は彼女が驚き、肩をビクリと震わせる。

そして沙紀は咄嗟《とっさ》に自らの胸の内にある望みを謳《うた》う。

「わ、私、もっと自分を変えたいんですっ！　このままだとまだ色々と足りなくて、その、このまま何もしないでいたら今を変えられなくてっ！」

「……え？」

「けど、自分でどう変えればいいのかも、ちょっとわからないというか……」

「……ぁ」

自分でも何とも纏まりのないことを言っている自覚があった。

ましてや彼女とは初対面。言っていることなどろくに伝わっていないだろう。

だけど、何かを言わずにはいられなかった。

しかし彼女の変化は劇的だった。目を大きく見開いたかと思うと、何か自分の想いを口の中で転がし、キッと真剣な眼差しで沙紀を見つめ返す。

そして両手で沙紀の手を握りしめてきた。

「変えましょうっ！」

「は、はいっ！」

「そうです、今のままじゃよくないんだから……私、大切なことを忘れてました」

「忘れてた……？」

「これ、見てください」

そう言って彼女は自身のスマホを沙紀に差し出す。

画面に映されていたのは、制服姿の地味な女の子。髪で目が隠れてもっさりしており、暗い表情と格好で、教室でも埋もれていそうな子だ。

「えぇっと……」

この子が一体どうしたのだろうかと、沙紀はスマホと目の前の華やかさを隠しきれない少女を交互に見やる。

すると彼女は少し恥ずかしそうに、自らの秘密を打ち明けた。

「えっと、昔の私です」

「えええぇぇぇ～っんぐっ！」

思わず大きな声を出してしまいそうになり、慌てて口元を押さえる沙紀。

にわかには信じられないような変身具合だ。

「変われば変わるものでしょう？」

「あのその確かに、えぇっとぉ～!?」

「もっとも、中身はあまり変わってないといいますか……」

沙紀の反応に、彼女はちょっとした悪戯《いたずら》が成功したといわんばかりにはにかむ。そしてちょっぴり自嘲《じちょう》気味にかつての自分のことを語る。

「私はこんな、いつも俯《うつむ》いて日陰でこっそりと息を潜めているような目立たない存在でした。でも、そんな私にある人が言ってくれたんです。『顔を上げて胸を張っていた方が素敵だよ』って。それで……あはは、単純、ですよね」

「そんなことありませんっ！」

「っ⁉」

「私だって何のためにやってるかわからなかった舞を、綺麗でカッコいいって褒めてもらったから、だからその、そんなこと言わないでくださいっ！」

「…………ぁ」

まるで彼女は鏡映しの自分のようだった。

だからそうじゃないと彼女の言葉を必死に否定する。それは認められない。

そんな沙紀の想いが伝わったのか、彼女は驚き、目をぱちくりさせ、目を細めていく。

見つめ合うことしばし。

やがてどちらからともなく、くすくすと笑いを零す。

「なんだかすいません、選んでいるところを急に声を掛けて邪魔してしまって」

「いいえ、良いお話をできたと言いますか……それにどうしたものかと悩んでて……」

「なるほど……」

沙紀の言葉に頷《うなず》いた彼女は顎《あご》に手を当て、ジロリと全身を観察する。そして、ほぅとため息を漏らした。

「綺麗な顔立ちをしていますね……それとスタイルも良いです。だから、何を着ても似合うとは思いますけど……だからこそ難しいですね」

「ふぇ⁉　そ、そんな……」

「今手に持っているものだと……そうですね、ちょっと失礼」

「あ、あのえっと……？」

彼女は言うや否や沙紀のおさげを解き、慣れた手つきでハーフアップ盛りにしていく。

そして沙紀が持っていた服を手に取り身体に押し当て、視線を姿見へと促す。

「ほら、見てみてください」

「……え？」

変な声が漏れてしまった。

そこに映るのは沙紀であって沙紀でない、見慣れぬ華やかな女の子。

思わず本当にこれは自分なのかと、ぺたぺたと顔を色々触って確かめてしまう。

「服だけじゃなく、髪型もそれに合わせるとより効果的かなぁ、と」

「す、すごい……」

「お、キミたち可愛いねぇ、それ欲しいの？　買ってあげようか？」

「よかったらそれ着て一緒に遊びに行かね？」

「あれ、そっちの子の髪って地毛？　すごくね!?」

「肌もシミ1つない白さってやつ？　ひゅうっ！」

「……え？」「っ!?」

その時、いきなり声を掛けられた
振り返ると2人組の、趣味の悪いアクセサリーをジャラジャラとつけた軽薄そうな男たちの姿。少しばかり頬を紅潮させ、へらへらと値踏みするかのようないやらしい視線をぶつけてくる。

彼らの言うことも、何者かというのもわからなかった。

しかし沙紀は今朝方キャッチセールスに引っかかったばかりである。

そして、こういう時どう対処すべきか言い含められたばかりだ。

だから沙紀はキッと垂れ目がちの目を精一杯吊《つ》り上《あ》げ、毅然《きぜん》とした態度で声を上げた。

「お断りします！」

◇◇◇

その頃春希は、姫子に振り回されたじたじになっていた。

「はるちゃんはるちゃん、次はこれいこ？　いってみよ？」

「ひ、ひめちゃん、それはちょぉ〜っと色が原色過ぎるし、派手じゃないかな？」

「もぉ。はるちゃん最近マシになったとはいえ、すぐに無難な白とか黒系のものばかり選びがちでしょ？　ちょーせんだよ、ちょーせん！」

「うぐっ……」

今日の姫子は強引だった。

あれこれ色んなものを次から次へと持って来られると、受け取り付いて行くだけが精一杯で、ぐるぐると目を回してしまう。

（さ、沙紀ちゃん助けて〜っ）

心の中で助けを求めていると、その時ふいにやけに大きく鋭い声が聞こえてくる。

沙紀の声だった。動きを止め、姫子と互いに顔を見合わせ頷き合う。

彼女の大きな声というのも珍しい。何かのっぴきならない状況だと思い、慌てて彼女の下へと向かう。

「あはは、可愛い見た目だけど威勢がいいねぇ。でも気が強いのも嫌いじゃないよ」

「丁度2人ずつだし、オレらのクラブに来てよ」

「嫌です、ていうかあなたたちに興味ありません！」

沙紀は見知らぬ、いかにもな男2人に囲まれていた。明らかにナンパの類である。

しっかりと断っているようだが、あの様子では面白がられているだけだった。その証拠に彼らはますますヒートアップし、強引に彼女の手を摑《つか》もうとする。

「沙紀ちゃんに何してんの！」

「っ⁉」

春希はそれを見た瞬間、思わず身体が動いていた。すかさず沙紀へと伸ばされた手を摑み、止める。そして脳裏を過《よぎ》ったのは、先日先輩に絡まれた時に助けてくれた隼人の姿。

深呼吸を1つ。

咄嗟にその時の隼人の仮面を被り、彼を睨《にら》みつける。

「『おい、断っているだろう？　お前たちにもう用はないし、どこかへ行けよ』」

「ひゅう、勇ましいね。あ、もしかしてこの子のオトモダチ？」

「大丈夫、キミも仲間外れになんてしないから！」

「『話が通じな――』――え？」

するとと彼らは標的を変え春希は腕を掴まれ――愕然《がくぜん》とした。

振り払えない。

相手との腕力の差があり過ぎてビクともせず、頭に思い浮かべる隼人のように振舞えない。

「くっ、離してっ！」

「このっ、春希さんから手を離して！」

沙紀も彼の手を引き離そうと試みるが、梃子《てこ》でも動きそうにない。むしろ彼らの嗜虐心を刺激するのみ。

「はは、大丈夫。キミたちのことも忘れてないから」

「ね、色々奢《おご》るしさ！」

「……え、ぁ……」

そんなことを言いながら、下卑た顔を近付けてくる。その吐息は酒臭く、女を品定めするような視線を向けられ舌なめずりをされようものなら、ぞくりと背筋が震え、本能的な恐怖に襲われ身を竦《すく》ませ目を閉じてしまう。――そんな時だった。

「よーし、行こう行こぁああいでででででっ!?」

「春希に何している！」

「っ⁉」

ふいに引っ張られる力がなくなったかと思うと、隼人が彼の腕を捻《ひね》り上げていた。一輝もさり気なく沙紀を守るように間に入り、その後ろにはハラハラした様子で少し涙目の姫子が見える。

剣呑《けんのん》な空気を発する隼人。一輝だって不機嫌そうな態度を隠そうとしていない。

「あ、なるほど、そういうこと」

「チッ、早く言ってくれよなぁ」

すると彼らはたちまちつまらなそうな顔で、その場を去っていく。

同時に不穏な空気も霧散する。

こちらを窺《うかが》っていた周囲も興味を失くし、止めていた足を再度動かしだす。

気付けばあっという間の出来事だった。

「春希、大丈夫か？」

「っ！　え、あ、うん……」

隼人が心配そうに顔を覗《のぞ》き込んできた。どうやら放心していたらしい。咄嗟《とっさ》に大丈夫だと笑顔を作るものの、どこかぎこちない。

つい思い返してしまうのは先ほどのこと。

あの行動自体に後悔はない。目の前で姫子が「沙紀ちゃん、無事でよがっだ～」と半泣きで沙紀に縋《すが》りつき、「私は大丈夫だよう」と逆に慰められている姿を見たら、なおのこと。

春希にとって沙紀は、友達は、特別だ。

だけど、覆すことのできないものを感じてしまったのも確かだった。弱音が思わず口を衝く。

「……隼人とボクってさ、全然違うよね」

「どうした、急に？」

「隼人のように、沙紀ちゃんを助けられなかったし。もう全然ダメダメで――」

「そんなことありませんっ！」

「っ⁉」

しかし沙紀が、春希に最後まで言わせまいと言葉を遮り、ぎゅっと手を握りしめてくる。

少し震えてるのがわかった。

「私、あの人ちょっと怖かったし、春希さんが助けに来てくれて嬉《うれ》しかったです！」

「沙紀ちゃん……」

「まぁ、春希が考えなしに飛び出して失敗するなんて、今に始まったことじゃないしな。そんなことでしょぼくれんなよ、顔を上げて春希をやってやってやったぞと胸を張りな」

「隼人……ってボクをやってやったってどういう意味さ⁉」

「えぇっと、尻《しり》ぬぐいは任せた？」

「もぉ〜〜〜〜っ！」

「あははっ！」

沙紀と隼人の、違うからそれがどうしたっていう言葉でスッと胸が軽くなる。

いつもの空気へ戻っていく中、「ぁ」と驚く声が聞こえた。沙紀と一緒に絡まれていた女の子だ。目を見開き、口元に手を当てている。

沙紀に知り合いなのかと視線で問うも、なんとも曖昧《あいまい》な笑みを返されるのみ。

隼人はといえば、彼女を見て表情を固まらせていた。そのことを訝《いぶか》しく思い、隼人と彼女を交互に見やる。

ふと、何かが引っ掛かった。

「あ、あの、助けていただきありがとうございました！」

しかしその正体がわかるよりも早く、彼女はぺこりと頭を下げてあっという間にこの場を去っていく。

「……知り合い？」

春希がそう訊《たず》ねるものの、隼人は一輝と顔を見合わせ、肩を竦めるだけだった。

「さぁな」

「むぅ」

そして男同士何か通じ合っているものを見せられて、唇を尖《とが》らせるのだった。

◇◇◇

愛梨《あいり》は雑踏を駆け抜けていた。

瞼《まぶた》の裏には彼らの姿が鮮烈に焼き付いている。

眩《まぶ》しかった。

素直な言葉をぶつけ合う彼らが。

そしてきっと、あの人なのだろう。

プールでも出会ったことを思い返す。

彼女が一輝をきっぱりと振る姿も容易に想像できる。

頭の中はぐちゃぐちゃだった。

喧《やかま》しいくらいに早鐘を打ち、軋《きし》みを上げている心臓は、きっと全力疾走しているからだけではないだろう。

胸の中には、どうしてあそこに自分がいないのだろうという言葉で溢《あふ》れている。

一体どれだけ走ったのだろうか。

荒い吐息と共に周囲を見回せば、いつしか街の喧騒《けんそう》をとっくに離れ、見知らぬ場所へとやってきていた。

初めて見るアパートや雑居ビル、近くの幹線道路を行き交う車の音。

まるで迷子のように、そこでしばし佇《たたず》む。

「私、なにやってんだろ……」

自嘲《じちょう》気味に呟《つぶや》き、現在地を確認しようとスマホを取り出せば、メッセージが届いていることに気付く。

『次の打ち合わせ、いつのどこだっけ？』

百花《ももか》からだった。

いつものように世話の焼けることが書かれている。

愛梨は返事を打ち込もうとして、途中まで書いて、消して、それを2回繰り返してから通話をタップした。

『お？　やほーあいりん。うちのメッセージ見た？』

「……」

『なんとなーく、もうすぐだったような気がしたんだよねー』

「……」

『外まだ暑いからあんま出たくないのに、秋服の撮影とかありえなくない？』

「……」

『……あいりん？』

「……ぁ。えっと、その……」

思わず通話したものの、百花の声を耳にすると何を言っていいかわからなくなってしまっていた。

ただただ「あの……」とか「ん……」といった言葉を数度口の中で転がし、そして耳に押し当てているスマホをギュッと握りしめ、努めて明るい声を出す。

「それよりももっち先輩、さっきカズキチを振った子を見ましたよ！　正確には既に一度見ていたっていうか！」

『へぇ？』

「カズキチが言う通り、長い黒髪で可愛いというより綺麗《きれい》な大和撫子《なでしこ》って感じの子で」

『……うん』

「けど、見た目と違ってすっごくハキハキしてカッコいいところがあって、あれはカズキチが告ってもスパーッとバッサリっていくのがわかるというか！」

『………』

「他に一緒にいた皆もすごく良い人たちみたいで、そりゃあカズキチも――」

『あいりん』

「――っ⁉」

ふいに、百花の低い声で会話を遮られる。その声色には、どこか咎《とが》めるものが含まれていた。

びくりと肩を震わせる。

『ね、あいりん。うちにまで言葉を間違えないで。だからさ、今のあいりんの素直な気持ちさ、教えてよ』

「……………………あ」

百花の心からの声が耳朶《じだ》を打つ。

気付けば頬に熱いものが流れていた。

言葉と息を詰まらせる。

しかし百花は急かすわけでもなく、そんな愛梨を受け止め返事を待つ。

「胸が痛い、です」

そして愛梨が絞り出した言葉に、百花は息を呑《の》む。

しかしすぐさまいつもの明るく能天気な声を掛ける。

『そか、わかった。じゃ、うち今からあいりんのとこ行くから待ってて。肉でも食いに行こうぜ！』

「え、あ、はい」

『ていうか、あいりん今どこ？』

「その、わかんない、です……」

『もしかして迷子!?　あいりんは手が掛かるなぁ』

「……ももっち先輩に言われたくないです」

『えー？　じゃあ近くに何が見える？』

「知らないアパートと、小さな神社？」

『結局どこ!?　ま、いいや、とにかく待ってて』

「う、うん」

『あとすっぴんでも許して！』

「そこはモデルとしての自覚もって!?」

『えー?』

気付けばくすくすと笑っていた。

また、彼女に〝借り〟が出来てしまった。

一体どれだけ助けられているのだろうか?

わからない。だけど思いが小さな言葉となって口から零れる。

「……ありがとう」

『うん? 何か言った?』

「位置情報取得して送るって言いました」

『おけー、待ってる』

愛梨はそこで通話を切り上げた。

そして顔を上げて、胸を張る。

空を仰ぎ、涙を呑み込んだ。

第8話　手を伸ばせば、すぐ届く

まだまだ陽の高い昼下がり。

隼人《はやと》たちはシャインスピリッツシティでの買い物の後、ハンガーラックやスライド式書棚を購入し、沙紀《さき》の家へと運び入れた。

一輝《かずき》を駅前まで送って別れ、1人自宅へと向かう。ちなみに女子陣は沙紀の家で色々整理するらしい。春希《はるき》は「本棚とか組み立てるのって好きなんだよね！」と息巻いていた。

そして帰宅した隼人は、早速夕飯の仕込みに取り掛かった。

珍しいことに傍らにはスマホ。

時折確認するかのように覗《のぞ》き込み、慎重に調理を進めている。

「……ほんとにこれで大丈夫か？」

思わず独り言ちる。その顔には少しばかりの疑心暗鬼の色。

作っているのは姫子《ひめこ》からのリクエスト。少し前ＳＮＳで話題になっていた『帰れ、鶏肉に『鍋《なべ》にバター、玉ねぎを並べた上に鶏もも肉を載せて塩コショウ、そして蓋《ふた》をするように再度玉ねぎを載せた後、ローリエを入れてひたすら弱火にかけるだけ。水は1滴も使わない。

時間はかかるものの、準備も調理も非常に簡単な料理だった。

だからこそ話題になったのだが、あまりにあっけなく仕込みが終わったこともあり、隼人は思わず腕を組み唸《うな》る。

そして出来たこの空白の時間に考えるのは、先ほどの買い物のこと。

都会は色々便利で刺激的だけれど、その分危険も孕《はら》んでいる。沙紀は見事に色々と引っ掛かっていた。

隼人としては芯《しん》が強いところとか、心太《しんた》に対してお姉さんなところとか、月野瀬《つきのせ》でよく姫子をフォローしていたところとか知っているものの、今日のようなことがあればやはり、おっとりしてるところもあって、しっかりと見てあげなければという気持ちにもなる。

「沙紀さん、か……」

ふと名前を出して呟いた時、インターホンが来客を告げた。「はーい」と声を上げながら、春希たちを出迎える。

「いらっしゃ……って、あれ？　春希に沙紀さん、やけに荷物が多いな？」

「あ、お兄さん。それが急に、お泊り会しようっていう流れにもなりまして」

「というわけでいいよね、おにぃ？」

「別にそれは構わないけど……」

なんとも急な話だった。ビックリはしたものの、隼人も以前春希を泊めたことがあり、否はない。しかし一応、とばかりに釘《くぎ》をさす。

「まぁ、勉強もちゃんとしろよ、姫子」

「うっ」

「あはは、私もちゃんと勉強道具も持ってきてますよぅ」

姫子は言葉を詰まらせ目を泳がせ、沙紀は鞄《かばん》を掲げる。2人は中学3年、受験生だ。お泊り会だと言っても、遊んでばかりはいられない。

それとはまた別に、気になることもあった。

「ところで春希は何でそんなに荷物が大きいんだ？」

「うん、ボク？」

どうしたわけか、春希の荷物は沙紀以上に大きかった。

急なお泊り会とはいえ、隼人の部屋にいくつか着替えを置いている。それほど荷物が必要だとは思えないし、遊び道具としてもかさ張り過ぎている。

首を捻《ひね》っていると、春希はにやりと悪戯《いたずら》っぽい笑みを浮かべた。

「んふふ～、気になる？」

「そりゃまぁ」

「よろしい、ならば見せてあげましょう。ひめちゃん、沙紀ちゃんちょっといい？」

「え、なになに？」

「どうかしました？」

春希は明らかに何か企んでいそうなドヤ顔を残し、2人と連れ立って姫子の部屋へと消えていく。

そして少し遅れて「「きゃーっ！」」という黄色い声が聞こえてきた。

その後もきゃいきゃいと盛り上がっている様子が窺《うかが》える。

何を企んでいるかはわからない。どうせろくでもないことだろう。

「……はぁ、ったく」

今日の買い物もそうだが、男女別で行動することが多くなった。

別にそれが悪いと言いたいわけじゃないけれど、今みたいに自分だけ仲間外れにされているかのような気がしてしまう時がある。話題だって服やメイクなど、隼人が入れないものも多い。女の子同士だからと言われれば、まぁそれまでなのだが。

なんとも自分に呆《あき》れたため息が漏れる。

それと同時にコンコンと、リビングの扉がわざわざ控えめに叩《たた》かれた。

「隼人ー、そこいる？」

「春希？　あぁ、いるけど」

「それじゃ開けるよ？　ひめちゃん、沙紀ちゃん、せーので行こっか」

「おっけー！」

「は、はいっ！」

「せーの、じゃんっ！」

「っ⁉」

隼人は現れた3人の姿に目を大きく見開いた。

朱色をベースにした中華風ゴスロリドレスを身に纏《まと》った春希。髪も左右にお団子を2つ作っている。

隣に視線を移せばテレビか何かで見覚えのある軍服をモチーフとしたアイドル衣装姿の沙紀。髪はサイドテールにしており、新鮮だ。

姫子はミニスカートのメイド服を着ていた。胸元が大きく開かれたデザインで、貧しい胸が一層強調されており、ほろりと涙ぐむ。髪もあざとくツインテールにしており、まぁそういう嗜好《しこう》がある人に向けて頑張れとエールを送る。

「どう、隼人？　驚いた？」

「っ！　あぁうん、驚いた……っていうかその衣装、どうしたんだよ？」

「ふっふっふ、実は今日、こっそり買っといたのだ！　ポイントも結構余ってたし！」

「でもはるちゃん、結局他の服は買わなかったけどねー」

「うぐっ、だ、だってぇ……」

「あ、あはは、春希さんらしい」

「でもあたし、こういうの一度着てみたかったんだよねー。そういう意味で、はるちゃんグッジョブ！」

「確かにいつもと違う格好をすると、新鮮な気持ちになるよね。姫ちゃんや春希さんの衣装も気になるなぁ」

「お？　じゃあ後で衣装の交換しよっか！」

盛り上がる3人をよそに、隼人はただただ唖然《あぜん》としていた。コスプレ衣装に身を包んだ彼女たちはいつもと違った魅力に彩られており、どれもスカート丈が短いということもあって、目のやり場にも困ってしまう。

そんな隼人の様子を目ざとく見つけた春希は、いつもの悪戯っぽい笑みを浮かべてにじり寄ってきた。

「ね、隼人はどの衣装が好み？」

「お兄さんの好み、気になります！」

「んぇっ⁉　あーええっと、こういうの初めて見たし、その、よくわからん……」

「えぇーっ、おにぃその答えつまんなーい」

「つまらなくて結構！」

ぷいっと慌てて目を逸らす。隼人の胸は春希の目論見通り何ともいえない騒めきを奏でており、しかしそれを認めるにはどこか悔しいものがある。

胸がこそばゆくなるような感覚に戸惑っていると、ふいにひょいっと頭に何かを載せられた。

「はい、隼人はこれで勘弁してあげよう。フリーサイズとはいえ、さすがに衣装は入らないだろうしね」

「あはは、おにぃ似合ってる！」

「ふふっ、ちょっと可愛らしいです」

「……なんだこれ？」

何かと思って手に取ってみれば、猫耳の付いたカチューシャ。

眉《まゆ》を顰《ひそ》めていると、にししと笑う春希と目が合う。

「ほら、せっかくだから隼人も一緒に、ね？」

「……ったく、どんな罰ゲームだよ、これ」

しかし隼人だけ仲間外れにならないようにという、春希の配慮も感じ取れた。

たまにはこういうのもいいだろう。

隼人は呆れたため息と共に、猫耳を付けるのだった。


霧島《きりしま》家のリビングは、少しばかり非日常的な光景になっていた。

「ええっと……はるちゃん、ここの『in time』は何て訳すの？」

「間に合う、かな」

「春希さん、こちらの『あへず』はどういう？」

「耐えきれない、と訳した方がいいと思う」

ローテーブルではコスプレした春希に沙紀、姫子の3人が教材を広げて勉強をしている。

隼人はその様子を、ダイニングで腰掛けながら眺めていた。

教え方が下手なことで定評がある春希だが、姫子は辞書代わりに使うと非常に便利だということに気付いたようだ。順応性の高さを発揮した沙紀も親友に倣い、わからない単語などを聞いている。春希本人も頼られるのは悪い気がしないようで、どこか嬉《うれ》しそうな笑みを零す。

なお、文法とか式とかの解説になると姫子たちは無言で教科書や参考書を開き始めるので、春希の顔が微妙に引き攣る。その様子に隼人は思わずクスリと笑みを零す。

するとこちらに気付いた春希はジト目を向け、しかし隼人が読んでいる本に気付くと、表情を一変させとてとてと近寄ってきた。

「隼人、それって」

「原付免許の問題集」

「免許、本当に取るつもりなんだ？」

「あぁ、冬休みくらいに取れたらなって思ってさ」

「……ボクはどれだけ早く取ろうと思っても春休みにならないと無理なんだよね」

どこか拗《す》ねたように唇を尖《とが》らせる春希。

これには隼人も困った顔になってしまう。

「誕生日ばかりはどうしようもないさ。って、春希も原付免許取る気なのか？」

「んー、わかんない。ただ、隼人に先を越されるのがちょっとねー」

「子供か！」

　呆れるようにツッコミを入れるものの、気持ちはわからなくもない。今まで何をするにしても一緒だったのだ。

　もし春希も取る気があるのなら予定をずらしても——と考えていると、「えいっ」とばかりに皺《しわ》の寄った眉間《みけん》を人差し指で突かれた。

「それよりもさ、この衣装どう思う？」

「……思いっきりあざとくて狙ってる感じ？」

「あはっ、だよねー！　ふりふりのひらひら過多でいかにも女の子って感じだし。それにスカートとか油断すると、すぐに中身が見えちゃいそうになるんだよね」

「こらバカ、持ち上げようとするな」

「ふふっ、ドキッとした？」

「したした。かわいーなーどきどきするー」

「わっ、すっごい棒読み」

　そんないつもの調子の春希にジト目を向け、はぁ、とため息を零す。

　改めて春希を見てみる。

　ミステリアスとあどけなさ、そして小悪魔的な可愛さが同居した衣装と髪型は、普段清《せい》楚《そ》さと悪戯っぽさを内包している春希にとてもよく似合っていた。

身体の線もよくわかり、女性らしい丸みと腰回りは折れてしまいそうなほど細く感じてしまう。膨らんだスカートからスラリと伸びる足も目に眩《まぶ》しい。不覚にもドキリとしてしまった。

そして春希はにへらと笑い、「よっ」という掛け声と共に足を投げ出す形で勢いよく腰掛けるものだから、隼人は誤魔化すように視線を姫子と沙紀のところへと移す。

春希も一緒にその様子をしばし眺め、ポツリと呟《つぶや》いた。

「うーん、軍服アイドルとメイドさんが並んで勉強してるってすごい光景だよね」

「さっきはそこにゴスロリチャイナも交ざっていたぞ」

「あはっ、それはカオスだ」

「でも、たまにはこういうのもいいな。滅多に見られるような姿じゃないし」

隼人がそう言って自分の猫耳をピンッと弾けば、春希も「そうだね」と言って笑みを見せ、そしてスッと目を細めた。

「うんうん、隼人にとっても眼福だもんね」

「ははっ、そうかもな」

「アレとか特にね」

「アレ？　……んんっ⁉」

春希が視線で促した場所を見てみれば、思わず大きく目を見開き、そして慌てて身体ごと視線を逸らす。

一瞬だけ目に飛び込んできたのは、女の子座りした沙紀の踵《かかと》によって持ち上げられてしまったスカートから覗《のぞ》く、淡いピンク色のもの。胸はドクドクと、これでもかというほど脈打っている。

そんな半ば困惑しつつ赤くなっている隼人の顔を、にんまりとした春希が覗く。

「いや～沙紀ちゃんの普段着ってさ、スカートでも丈の長いのばかりだよね。制服は短いけど、何か心もとないような顔しているし」

「え、あぁうん……？」

「巫女《みこ》服も基本足が隠れちゃうし、きっとああいう短い丈のは穿《は》き慣れてないから油断しちゃって、あぁなってるんだろうね、うん」

「そ、そうかもな」

「ていうかさ、上はきっちりとした隙のない感じなのに、下はデザインとか色々甘いのって、ギャップもあって妙にエロく感じない？」

「し、知らねーよ」

「エロいといえばさ、沙紀ちゃん最初メイド服だったんだよ。けどアレ胸元が強調されてるでしょ？　いやぁ、前も言ったけど沙紀ちゃん思ったよりおっぱいあって、谷間が出来て恥ずかしがっちゃって」

「っ⁉」

「んふふ〜、想像しちゃった？」

「な、その、んなことねぇし！」

「……えっち」

「う、うっせぇ！」

「おにぃ？」「お兄さん？」

叫ぶ隼人に一体どうしたことかと、姫子と沙紀が勉強の手を止めこちらを窺《うかが》ってくる。

うぐっ、と言葉に詰まる隼人。

バカ正直に言えるわけもなく、まともに沙紀も見られない。そっと目を逸らす。

隼人が「あー」とか「えー」とか母音を口の中で転がしていると、見かねた春希がしょうがないなとため息を吐いた。

「ほらボク３月生まれだからさ、隼人だけ先に原付免許取れるのって何か年上っぽくて変な感じだなぁって」

「あーなるほど、それちょっとわかる。あたしもはるちゃんが1つお姉さんだってこと、釈然としない時あるもん」

「ひめちゃん!?」

「あ、あはは……」

うんうんと頷《うなず》く姫子に、苦笑いを零す沙紀。

春希は裏切られたとばかりに恨めしそうな声を上げる。

ふと、そんな春希と目が合った。かすかに唇が動く。

『〃貸し〃、だかんね』

隼人はしばし目をぱちくりとさせた後、あぁっと苦笑いを零す。

すると丁度その時、くぅ、と可愛らしい腹の音が響く。音の主である姫子が恥ずかしそうな顔を作る。

「ほら、何か良い匂いが漂ってきてるから！」

「あ、ほんとだ。なにこれ……バター？」

「確かにお腹が空いてきちゃいますね。そろそろ時間も頃合いだし」

姫子の言う通り、キッチンからは熱せられたバター独特の食欲を誘う香りが流れてきていた。

春希もすんすんと鼻を鳴らし、お腹に片手を当ててそわそわしている。

「んじゃ、そろそろ夕飯の支度にとりかかるか」

「あ、お兄さん、私も手伝います」

そう言って隼人が立ち上がりキッチンへと向かえば、沙紀も同じく立ち上がり手伝いを申し出た。

先ほどのこともあって、ドキリと胸が跳ねる。

改めて沙紀を見てみる。

折り目正しく堅苦しささえ感じさせるトップスに、フリルとティアードの重ねられた甘いスカート姿。そこからスラリと普段は隠されている白い柔肌が伸びている。ごくりと喉《のど》を鳴らす。

ここで沙紀の善意からの申し出を断るのは不自然だ。

どう言ったものかと必死で頭を回転させる。

「えーっと、衣装が汚れるとマズいんじゃないか？」

「あ、確かに……」

せめて衣装を着替えてもらおうと誘導する隼人。

沙紀はくるりと自分の姿を見回し、少しばかり残念そうに眉《まゆ》を寄せる。どうやら存外にこの衣装を気に入っているらしい。

「エプロン付ければ大丈夫っしょ。それにもし汚れても丸洗いできるやつだから問題ないよ」

「春希さん！」

「ほら、隼人もどうせなら可愛い格好した女の子に手伝ってもらった方が嬉しいでしょ？」

「いやそれは……」

隼人がジト目を向ければ、春希は良い仕事をしたでしょとばかりにグッと親指を立てる。

そして期待に瞳《ひとみ》を輝かせつつそわそわしている沙紀と、極力目を合わせないようにしてポツリと呟く。

「……あー沙紀さんその格好、いつもと違った感じが新鮮で、よく似合ってるよ」

「っ！」

すると沙紀はみるみるうちに顔を真っ赤に染め上げていき、そして「ありがとうございます」と蚊の鳴くような声で礼を言うのだった。

今夜の夕食は昼間から仕込んでおいた『帰れ、鶏肉へ！』とサラダ。

それからもう一品。

フライパンでみじん切りにしたたっぷりの玉ねぎをオリーブオイルで飴色《あめいろ》になるまで炒《いた》め、そこへ賽《さい》の目《め》に切ったじゃがいもにソーセージ、エリンギ、アスパラガスを投入して塩コショウ。

熱が通ったらそこへ粉チーズと牛乳を合わせた卵液を流し込み混ぜ合わせ、蓋《ふた》をしたら弱火でじっくりふっくら焼き上げれば、スパニッシュオムレツの完成だ。

「ん～、この鶏肉ホロホロ！　リクエストしてみて正解だった！」
「隼人、これかなりスープ出てるけど、本当に水１滴も使ってないの？」
「あぁ、玉ねぎがこんなに水分多いだなんて、俺自身もビックリしてる」
「このオムレツ、結構ずっしりしてますね。具沢山だしこれだけでメインになれそう」

わいわいと話しながら夕食が進んでいく。

どの料理も大皿に載せられており、各自がとりわけて食べるビュッフェスタイルだ。

ちょっとしたパーティー気分も味わえ、皆の心も浮き立っている。

「そういやはるちゃん、さっき沙紀ちゃん家《ち》の本棚に入れてたのって何？」
「あ、こないだ言ってた音楽物のやつ！　いやぁ、今まで音楽とか興味なかったけどネットの評判が良くて見たら嵌《は》まっちゃってさ、これは布教しなきゃって思って！」
「それ、こないだおススメしてたアニメの！　録画してるよ！」

「お？　じゃあこの後それの上映会しようか！」

「ほどほどにして、ちゃんと勉強もしろよ？」

「わかってる、っていうかおにぃってば堅苦しいんだから、もぉ！」

「隼人ってば空気読めてなーい！」

「あ、あはは」

「……ったく」

隼人は呆《あき》れつつも、まぁせっかくのお泊り会だからな、とため息を零した。

夕食も終わり、一休みを挟み、隼人はササッと洗い物を済ませた。

その間もずっと春希、姫子、沙紀の3人は、リビングで一言も声を上げず、真剣な様子でテレビ画面に見入っている。それだけ面白いのだろう。しかし3人とも相変わらずコスプレ姿のままだったりするので、思わずなんともいえない呆れたような笑いを零す。

するとその時、スマホがグルチャの着信音を奏でた。その音にピクリと姫子の肩が反応する。

隼人はうるさいと機嫌を損ねて文句を言われたら堪らないと、自分の部屋に駆け込み画面を開く。一輝からだった。

『今日はお疲れ様』
『おう、一輝も。ていうか助かったよ。さすがに本棚は重かったし』
『あれは素直に運送してもらった方が良かったかもね』
『そうだな、費用ケチるんじゃなかった。明日《あした》は筋肉痛かもしれん』
『あはは、って僕も笑ってられないかも』
そんな下らない話を続けていると、伊織《いおり》も姿を現す。
『お、なになに？　何の話？』
『前に言ってた、買い物の話』
『あぁ、なるほど。隼人、ちゃんと巫女ちゃんへのお礼買えた？』
『おかげさまで、ばっちり』
『お？　あとは渡すだけだな』
『それなんだけど……これ、どうやって渡せばいい？』
『普通にひょいって渡せばいいんじゃないのか？』
『……姫子や春希の前だと、揶揄《からか》われるのが目に見えているからな』
『あはは、確かに。じゃあ２人きりの時にさりげなく渡すとか？』
『うーん、それしかないよなぁ……』

とはいうものの、中々に難しそうだった。

よくよく考えれば、意図的に沙紀と2人っきりになった記憶なんてない。もしそうなったとしても、何て切り出していいのかわからない。

『ま、買ったはいいけど渡せなかった、なんてないようにな』

『肝に銘じとく』

『ま、隼人くんなら大丈夫だと思うよ』

そう言って会話を切り上げる。

そしてふと顔を上げると、机に置いてある目覚まし時計に違和感を覚えた。

目覚まし時計が指しているのは4時23分。スマホの時刻を確認すれば8時45分。明らかにおかしい。そして目覚まし時計の針が動く気配もない。

確認とばかりに何度か乾電池を取り出しては入れ直してみるものの、うんともすんとも言わない。

「……電池切れか」

眉間《みけん》に皺《しわ》を寄せながら、机や部屋にある物入れを探ってみる。しかしいくら探せど予備の乾電池は見当たらない。

リビングにあるかなと顔を出せば、もぬけの殻になっていた。どうやら姫子の部屋に移動したらしい。

そして色々と探してみるも、目当てのものは見つからない。そもそも、今時乾電池を使うのはリモコンくらいだろうか。

「困ったな……」

隼人はふぅ、とため息を吐きながらガリガリと頭を掻《か》いた。

別に目覚まし時計が動かなくても、スマホがあれば事足りる。しかし、子供の頃からずっと使って慣れ親しんできたものなのだ。

ふとした拍子で時刻を目覚まし時計で確認するのは身体に染み付いた習慣になっているし、それが動かないというのはどうにも据わりが悪い。

幸いにしてまだ9時になるかならないかだから、コンビニでさっと乾電池を買って来ればいいだろう。そう思って財布を確認し、廊下に出た。

「きゃっ！」

「っと、悪ぃ」

すると丁度その時正面にポスンと軽い衝撃を受け、ぶつかりよろめく沙紀の腕を慌てて掴《つか》んで抱きとめた。

手のひらから火照ったような熱を感じる。目の前の特徴的な色素の薄い亜麻色の髪の旋毛《つむじ》から上る甘い香りが鼻腔《びこう》をくすぐり、頭がくらりとしてしまう。

お風呂上《ふろあ》がりなのだろう、沙紀の顔はほんのりと上気して赤くなっていた。髪もまだしっとりと水気を多分に含んでいる。

「ご、ごめんなさい、前をよく見ていなくて……」

「お、俺の方こそ……」

沙紀はコスプレでなく、浴衣姿だった。先日月野瀬で看病された時に見たものと、同じ格好だ。

あまり見慣れぬ姿にドキリと胸が跳ねる。そんな動揺を悟られてはいけないとばかりに、素早く手を放し距離を取った。

「その格好……」

しかし飛び出したのは、そんな頭の中に残ったままの言葉。自分でもしまったと渋面を作る。

「こ、これはその寝巻用というか旅館とかであるやつで……っ」

「あ、あぁうん、そうなんだ」

「そうなんです！」

「ええっとその、お風呂、入ってたんだ？」

「はい、今は春希さんが入ってます。姫ちゃんは部屋でさっき見てたやつの漫画を」

「ったく、あいつは……」

「ま、まぁ、姫ちゃんですし……」

「……ははっ」

「……ふふっ」

どちらからともなく曖昧《あいまい》に笑い、この場を誤魔化そうとする。

そして玄関の方へと足を向けると、沙紀が不思議そうな声を掛けてきた。

「お兄さん、どこか行くんですか？」

「コンビニに、ちょっと買い物にね」

「コ、コンビニっ⁉」

驚きと好奇の色が混じった声を上げる沙紀。

隼人が振り返れば、そわそわと落ち着きのない様子で「そういえばこちらって24時間いつでもコンビニで買い物できるんですよね……」と、かつての姫子と同じようなことを呟《つぶや》いている。

思わず目をぱちくりとさせた。

確かにこの辺は治安がいいとはいえ、女子中学生が1人でコンビニに行く機会はないだろう。都会での生活も慣れていないだろうから、なおさら。

そんな普段は見せない子供っぽい姿を見せられて思わず笑みを零してしまい、そしてある意味良い機会だと思って声を掛けた。

「沙紀さん、一緒に行く？」

「は、はいっ！」

間髪容れず、力強く返事をする沙紀。

そしてくるりと自分の姿を見回す。

「あ、でも着替えてくるのでちょっと待っててください！」

「わかった」

そう言ってパタパタと姫子の部屋に駆け込む姿を、微笑ましく見送るのだった。

「……」

「……」

夜空に月はなく、朧《おぼろ》げな星がぼんやりと瞬いている。

街灯と家屋から漏れ出る灯りを頼りに、都会の夜の住宅街を沙紀と共に歩く。

2人の間に会話はない。

隼人は何ともいえない表情になっていた。

ポケットにあるお礼の品を手のひらで転がしながら考えるのは、隣を歩く沙紀のこと。

村尾《むらお》沙紀。

おっとりとしており、巫女《みこ》服姿で月野瀬のあちこちへお使いでよく訪れ、羊によく懐かれ村の皆に可愛がられている、妹の親友。祭りでは鮮烈なまでの輝きを放つ、どこか眩《まぶ》しい女の子。

そんな彼女と今、2人きりで夜のコンビニへと向かっている。

不思議な感じだった。今まで接点があまりなかったから、なおさら。夏休み前までなら想像だにしなかった状況に、まだ少しばかり困惑しているというのが本音だ。

そしてプレゼントを渡すチャンスでもあった。だけど、どう渡していいのか、適切な言葉が出てきてくれない。

その沙紀はといえば、まだ乾ききらない髪を下ろして夜風に靡《なび》かせながら、都会の夜の顔が珍しいのかキョロキョロと周囲を窺《うかが》っている。着ている服は先ほどの浴衣《ゆかた》やコスプレ衣装、ましてや部屋着でもなく、昼間と同じ余所行きのちょっとお洒落《しゃれ》なワンピース。

（……姫子と一緒だな）

心太や姫子相手に、どこか大人びたところがあった沙紀だが、妹と似たような歳相応の反応を見せられれば思わずくすりと笑いが零れ落ちてしまう。

「っ！」

するとと隼人に笑われていることに気付いた沙紀は、頬を真っ赤に染めながら俯《うつむ》いた。

隼人は少しばかり申し訳ないようなことをした顔をして、ガリガリと頭を掻く。

「その、俺も初めて夜のコンビニに行く時、すっごくそわそわしたんだ」

「……え、お兄さんも？」

「夜なのに、何時に行っても昼間と同じように買い物できるっていうのが何か信じられなくて、本当かどうか確かめてやる、ってちょっと息巻いたりしててさ」

「わ、わかります！　私も実は、夜になると売ってるものが違うんじゃって思ってたりも！」

「あはは、その気持ちわかるよ。昼間と何が違うか確認しないとね」

「はいっ！　……って、そういえばお兄さん、何を買いに行くんですか？」

「乾電池だよ。目覚まし時計の切れちゃって……と、着いた。コンビニだ」

「わぁ……っ！」

歩くこと10分と少し。

住宅街の外れ、大通りに面したところにあるコンビニは、まるでそこだけ昼間から切り取られたように、煌々《こうこう》と夜の街を照らしていた。

そして灯りに誘われるように店へと訪れる住民を、吸い込んでは吐き出している。

沙紀はその様子に目をキラキラさせながら見入っていた。

隼人はかつての自分や妹と同じような反応を示す沙紀を微笑ましく思いながら、ポンッと彼女の頭に手を乗せ促す。

「行こうか」

「はいっ！」


コンビニに入った隼人は、まずは目的のものをと日用品コーナーを目指す。

「電池、どこだ……」

普段あまり覗《のぞ》くことのないその場所はペンやノートといった文房具、洗剤やスポンジといった台所用品、ティッシュやゴミ袋といった日用雑貨類が所狭しと並べられており、目当てのものを探すのに手間取ってしまう。

捜索することしばし。

もしかして電池は売ってないのかなと思い始めた頃、やっと目当てのものを発見できた。

「あったあった。っと、沙紀さんは……？」

結構な時間を待たせてしまったかもしれない。

そう思い少し申し訳ない気持ちで店内を見回せば、沙紀の姿はすぐに見つかった。

色素の薄い髪と肌をした沙紀はよく目立つ。スイーツコーナーで落ち着きなく身体を動かし物色していれば、なおさら。

そんな微笑ましい背中を見せられれば声を掛けるのも躊躇《ためら》われ、嘆息しつつもしばし見守る。

するとしばらく色んなものへと視線を彷徨《さまよ》わせていた沙紀は、とあるスイーツの前で止まり、手を伸ばした。

「それ、買うの？」

「っ⁉ お、お兄さん！ えぇっとこれはその……」

「こないだ出たばっかのWマロンシュークリームか。それ、生地がサクサクしていて美味いよな」

「そ、そうなんです！ 固めのクッキー生地もさることながら、濃厚でなめらかなマロンクリームとふんわりしたホイップクリームも絶妙で！」

「うんうん、美味いよな。これだけじゃなく、そっちのパンプキンプリンやモンブランどらやきも甲乙つけがたい」

「わ、わ、そちらも気になっていて……あ、気になるといえばこちらのサツマイモと紅茶のパフェ！　意外な組み合わせだけど、見た目的にも美味《おい》しそうなんです！」

スイーツの話に瞳《ひとみ》を輝かせる沙紀。

どうやら田舎にはなかった様々な種類の甘味に、姫子同様夢中になっているようだ。

隼人が口元を緩めていると、これとかどうでしょう、と他に手に取ったスイーツを差し出してくる。

「へぇ、どれどれ……305キロカロリーかぁ」

「はい、これ305キロカロリーもあって……!?」

「ふむふむ、Wマロンシュークリームは280キロカロリー……どちらも丼ごはん並みのカロリーがあるな。そういや昼間、クレープも食べてなかったっけ？」

「……え、ぁ……お、お兄さんの意地悪っ」

ぷくりと頰を膨らませる沙紀。

そして手に持つスイーツを眺め、はぁ、とため息。渋々といった様子で棚へと戻す。

しかし隼人は戻されたそれをすかさず手に取り、ニッと悪戯《いたずら》っぽい笑みを浮かべた。

「お兄さん……？」

「こういう日くらいさ、何も考えず好きなモノ食べても罰は当たらんだろ」

「っ！　はいっ……っ！」

すると目をぱちくりさせた沙紀は、息を呑《の》み相好を崩す。

隼人も釣られて笑みを零し、そしてはたと気付き手を止める。

「あ、姫子や春希の分も買って行かないと拗《す》ねるな。何がいいだろう？」

「………ぁ。そういえば、そうですね」

隼人がそう独り言ちれば、沙紀は今気付いたとばかりにバツの悪い顔を見せる。

するとムクムクと胸の中に悪戯心が湧いてきて、春希や姫子を揶揄《からか》う時と同じような調子で言う。

「もしかして忘れてた？」

「そ、そんなことっ」

「ははっ、それだけ夜のコンビニが楽しみだったんだ」

「し、知りませんっ！　もぉ～っ！」

沙紀は唇を尖《とが》らせぷいっとそっぽを向き、隼人はその背中に「ごめんごめん」と謝るのだった。


コンビニからの帰り道。

行きとは違い、随分と沙紀との会話は盛り上がっていた。

「コンビニってすごくたくさんのものが売ってて、目移りしちゃいますよね」

「気付いたら余計なモノを買ってたり、とかな」

「わかります！　私も先日付き添いで行っただけなのに、姫ちゃんが嬉々《きき》としてアイスを選んでいて、つい」

「俺もこないだ寝坊した時の朝さ、目の前の客がから揚げ棒買ってるの見て、ついつい買っちゃったよ」

「まぁ！　そうだったんですね！」

「あははっ、まぁな」

今まで疎遠気味だったとはいえ住民全員が顔見知りの田舎の同郷、それに妹の友達。各所で話題によく上っていたし、お互い人となりはわかっている。

打てば響くようなやりとり。まるで今までずっとこうだったと錯覚するほど、会話の歯車は滑らかだ。

だからするりと言葉が出てきてくれた。

「あ、そうだ。沙紀さん、これ」

ポケットに入れていたあるものを取り出し、沙紀に手渡す。

「これは……キーケース？」

デフォルメされた狐の刺繍《ししゅう》が可愛らしい、革製のキーケース。

沙紀はそれを手のひらで弄《もてあそ》びながら、これが一体どうしたのだろうと目をぱちくりさせながら隼人を見つめ返す。

「この間、月野瀬で熱出して倒れた時、世話になったからそのお礼というか……」

「そんな、わざわざっ」

「そ、それから家のカギとかも裸のままで持ってたみたいだし、狐といったら沙紀さんだったし、引っ越し祝い！　あーその、引っ越し祝いも兼ねてというか……っ！」

矢継ぎ早に言い訳めいた言葉を繰り出す隼人。

改まってこうした贈り物をするだなんて、初めてのことだった。

相手は最近距離が狭まったとはいえ、妹の親友。何とも形容し辛い間柄。

何とも言えない空気の中、沙紀がまじまじとキーケースを眺め、そして顔をパァッと綻《ほころ》ばせた。

「……うれしい！　大切に使います！」

「っ！　お、おう。気に入ってくれたのならよかったよ」

「はいっ！」

不安がないわけじゃなかった。しかし沙紀が喜びにあふれた大輪の笑顔を咲かせれば、それも一瞬にして吹き飛ばされる。

どこか胸がこそばゆい。

それにこうして今までになく近い距離感で話をしていると、沙紀という少女の今まで知らなかった様々な一面が見えてくる。

笑う、怒る、驚く、拗ねる——コロコロと表情がよく変わり、感情豊かなその顔は、きっと今まで姫子の前でも見せてきたものなのだろう。

それが今、隼人の前でも見せてくれている。

なんだか不思議な感覚だった。

しかもこれは沙紀自身が望み、引き起こした変化だ。

あの日。祭りの後。

隼人と春希に向かって自らの想いを高らかに謳《うた》い上げた時の眩《まばゆ》い姿はとても鮮烈で、忘れられそうにない。

あの時のことを思い返し目を細めていると、沙紀が不思議そうな顔で覗き込んでいることに気付く。

「お兄さん？」

「ん？　あぁ、こうして今、沙紀さんと一緒なのが不思議な感じがしてさ」

「……そう、ですね。月野瀬にいた頃、ほとんど話したことありませんでしたから」

「それがこうして肩を並べて夜のコンビニにお買い物。夏休み前には想像も出来なかった」

「私もです」

沙紀はクスリと笑って、一歩前に出る。

そしてキーケースを握りしめた両手を後ろに回し、マンションの方を見上げた。

「きっと、春希さんのおかげですね」

「春希の？」

「グルチャに誘ってくれたり、月野瀬にもやってきてくれて、色んな場所に手を引いて連れて行ってくれたから、それまで閉じこもってばかりいた私の世界が一気に開けて——そして思い出したんです」

「思い出した？」

「自分が変われば世界が変わるって。だからほら、私は今、ここにいるんです」

「……っ」

くるりと振り返った沙紀が、ふわりと微笑む。

とても綺麗《きれい》な顔をしていた。その真っすぐな眼差しに、思わず目を細める。

そして沙紀は茶目っ気たっぷりな声で、歌うように言葉を綴《つづ》る。

「まぁいきなりの引っ越しでしたもんね、大変なことだらけですよぅ。毎朝お布団から這《は》い出るのに苦労したり、ゴミ出しもついうっかり忘れて溜《た》めてしまったり、こないだは洗濯機回して他のことやってたら干し忘れて夕方だったり！」

「ははっ、うっかりさんだ」

「今日だってキャッチセールスに捕まったり、変な人に絡まれたり」

「あれは俺もドキリとしたよ」

「あはは……それだけじゃなく勉強も大変だし、周りは知らない人だらけだし、他にも覚えることもいっぱいで目が回ってばかりです……だけど、ここにはすぐ近くに姫ちゃんや春希さん、お兄さんがいます。それに――」

そう言って沙紀はスッと手を隼人の前に、照れくさそうに伸ばして来た。

「手を伸ばせば、すぐ届く」

「……」

凛《りん》とよく通る、意志の強そうな声色だった。

隼人は思わず息を呑み、大きく目を見開く。

そのさり気ない所作が、どうしてか祭りの神楽《かぐら》を舞う姿と重なり、目が離せない。

しかしこれは神楽と違い、神様ではなく隼人に向かって舞われており、そして同じ舞台に立っていた。

だからそうするのが当たり前だとばかりに、吸い寄せられるようにして沙紀の手を掴《つか》む。

少しひんやりとして柔らかく、すっぽりと包み込めてしまえそうな、小さな手。

彼女が女の子だと、異性だということを、強く意識させられる。

ドキリと胸が跳ねる。今までの沙紀から考えると意外な行動だ。

その沙紀はといえば、目をぱちくりとさせていた。

まるで自分の行動こそが意外だったと言わんばかりに。

互いの視線が絡まるも一瞬。

沙紀はくるりと身を翻し、そのままぐいっと隼人の手を引っ張り勢いよく駆けだした。

「い、行きましょう、お兄さんっ！」

「さ、沙紀さん⁉」

背中越しに声を掛ける。ちらりと覗《のぞ》く沙紀の耳は赤い。

そして沙紀は照れ隠しのように、矢継ぎ早に言葉を投げる。

「お兄さんっ、夜のコンビニって、今日みたいによく行くんですかっ⁉」

「頻繁にってことはないけどっ、牛乳買い忘れたり、ゴミ袋切らしたりした時とかっ」

「姫ちゃんや、春希さんとかと一緒にっ⁉」

「一緒に行ったり、行かなかったり、時には2人にお使い頼んだりっ！」

「あはっ！　日常の一部なんですねっ！」

「そう、だなっ！」

「じゃあこれからは、私も、そんなお兄さんの、ありふれたいつものに、入れてくださいねっ！」

「……ああっ！」

そして横断歩道が見えてきた。

信号はまだ青が点滅し始めたばかり。十分に赤までに渡り切れる。マンションはもう目と鼻の先、いつもなら一気に駆け抜けるところだ。

だけどこの不思議な時間を引き延ばすかのように、名残惜しむかのように、どちらからともなく足を止めた。

そこでお互い肩を並べながら、はぁはぁと乱れた息を整える。

沙紀は真っすぐに正面を見据えながら、ポツリと呟《つぶや》く。

「お兄さんが最初だったんですよ」

そう言って沙紀はぎゅっと繋《つな》がれた手を握りしめた。

私はここにいますよ、と自らを主張するかのような力強さで。

「自分が変わると世界が変わるんだって、教えてくれたの」

「……え？　それってどういう……」

真剣な声色だった。

だけど隼人は間抜けな声を返すだけ。

何のことかと思って沙紀の横顔を覗いてみれば、どこか遠くを見つめ、とても大切な何かを確かめるような、懐かしむような眼差しが目に映り釘付《くぎづ》けになる。

だからそれが沙紀にとってとても大事なことなのだということだけはよくわかった。

必死に記憶を探る。

だけどいくら考えても思い当たる節はなにもない。

すると沙紀は眉間《みけん》に皺《しわ》を寄せ小首を傾げる隼人を見て、さも当然だといった様子でくすくすと笑う。

「ふふっ、秘密です」

「あ、ちょっと！」

そして青になると同時に走り出す。

先ほどから沙紀に振り回されてばかりだ。

そして彼女に対する認識が、確かに変わるのを感じた。

隼人が「なんだよもぅ」と拗《す》ねたように声を漏らせば、「あははっ」と揶揄《からか》うような声が返ってくる。

だから抗議とばかりに、繋がれた手をぎゅっと強めに握り返すのだった。

エピローグ

『お兄さん♪』

ぼんやりとした意識の中、ふと楽し気な声を掛けられた。

振り返ると巫女《みこ》姿の沙紀《さき》。

他には誰もいない。

それどころか周囲に何もない。

ただふわふわとした、雲の中のような場所にいた。

一体ここはどこだろうと首を捻《ひね》っていると、ふいに沙紀が手を取り、そしてやけに熱っぽい視線を向けてくる。

『ふふっ』

やけに妖艶《ようえん》な笑みを浮かべ、艶《なま》めかしく指を絡め取られたかと思うと、しなだれかかってきた。

『っ!?』

いきなりのことで驚いた隼人《はやと》は思わず後ずさる。

しかし手がしっかりと繋がれていたおかげで、沙紀は隼人に急に手を引かれる形となり、足をもつれさせてしまう。

危ない、と思った時にはもう遅かった。

転びそうになる沙紀に、もう片方の手を伸ばそうとするも、隼人自身も繋がれている手のおかげでバランスを崩し、一緒に倒れてしまう。

『——っ!』

声は出なかった。

頭は何か柔らかいものに埋められており、顔を上げると目の前の沙紀と目が合う。

その距離はとても近い。

ほぼ抱き合っているとも、押し倒しているともいえる格好だった。

慌てて身を離そうとするも、逃げないでとばかりに頬に手を添えられ、ぎゅっと繋がっている手を握りしめられ引き留められる。

視線が絡む。

沙紀の瞳《ひとみ》は淫蕩《いんとう》の色に染まり、桜色の舌先でちろりと薄紅色の下唇を舐《な》める。浮かべるのは小悪魔的な笑み。

互いに零れる吐息は熱く、そして荒い。

混乱する意識の中、身動ぎする沙紀の衣擦れの音が響く。

遅れて、妙に甘い香りが鼻腔《びこう》をくすぐり、理性を溶かす。

くらくらする頭で視線を下げれば、白衣がはだけ、胸元は際どく露わになっている。

ごくりと喉《のど》を鳴らす。

沙紀は腕の中にいた。

柔らかくて、甘い匂いがして、このままギュッと抱きしめれば気持ちよいだろう。そんな彼女の存在を、異性を、間近で感じられる。

そんなこと思ってはいけないのに、感じることはダメだと頭で理解しているのに、目は彼女から離せない。

そんな隼人を沙紀はくすくすと妖《あや》しげに笑い、耳元へ口を寄せると、艶めく声で誘うように囁《ささや》いた。

『私、可愛いですか？』

「――――っ！　はぁっ、はぁっ、はぁっ……」

堪らず飛び起きた。

心臓はバクバクと破裂しそうなほど早鐘を打ち、全身は汗と後ろめたさでびっしょりと濡《ぬ》れている。

右手を顔に当て、情けなく俯《うつむ》く。

そして、ここが現実だと確認するかのように、周囲を見回す。

カーテンの隙間から覗く空は未だ薄暗く、時刻を見ればまだ5時前。

机の上には昨夜使って放置されたままの原付の問題集。

この静かな部屋の隣、壁1枚隔てた姫子《ひめこ》の部屋では、無防備に沙紀も眠っているに違いない。

その事実が、胸の騒めきの火を余計に燃えさせてしまいそうになる。

「くそ……っ！」

沙紀を完全に異性として見ている、友達の兄としては最低な夢だった。

身体は誤魔化すことができないほど、沙紀という少女に興奮してしまっている。

手にやけにリアルに残っている艶めかしい感触は、果たして先ほどの夢のものか、はたまた昨夜握った時のことを思い出したものなのか。

罪悪感と背徳感に押しつぶされそうになってしまう。

ごくりと喉を鳴らすと共に、大きく頭を振る。
ぎゅっと奥歯を噛《か》みしめ、確認するかのように記憶を復習《さら》う。
沙紀のことは、ずっと幼い頃から見てきていた。
家で、学校で、そこらの道端で。
いつだって姫子の隣に、隼人とも近いところにいた。
笑って、拗ねて、ビックリして。
はしゃいだり、喜んだり、不貞腐れたり。
今はそんな様々な姿を、隼人にも見せてくれている。
それでも一番脳裏に鮮烈に焼き付いているのは、祭りの時の神楽舞《かぐら》の姿。
とても輝いていた。
そして同じだった。
月野瀬《つきのせ》で自らの望みを謳《うた》った時も。
病院でシンプルに願っていることを口にした時も。
昨夜、摑《つか》むために手を伸ばした時も。
村尾《むらお》沙紀。
おっとりしたところがあり、やってきた都会では危ういところがあるものの、確かな自分の芯《しん》を持った、1つ年下の女の子。

彼女をそっと、心の中の天秤《てんびん》に載せてみる。

妹の親友。

春希《幼馴染》の友達。

地元の神社の巫女。

他にも色々載せてみるものの、そのいずれとも釣り合いはしない。

ただ、気付かされるだけ。

沙紀はこの都会に来る以前からとっくに1人の、特別な女の子の方へと傾いてしまっていたのだと。

隼人は頭を抱えて嘆息を1つ。

迷子のような声色で独り言ちた。

「これからどんなノリで接すればいいんだよ……」

あとがき

雲雀湯《ひばりゆ》です！　正確にはどこかの街の銭湯・雲雀湯の看板猫です！　にゃーん！
ここでお会いするのも、早いものでもう5回目ですね！

てんびん5巻いかがでしたでしょうか？
なんだかんだと片手の指が埋まるほどの巻数を積み上げることが出来ました。
5巻ですが、WEB版から大幅に再構成して、ほぼほぼ書き下ろしとなっております。
沙紀《さき》が都会にやって来て、次の舞台の幕開けといった感じに仕上がったかな、と。
新しい日常とラブコメ成分マシマシでお届けしました。
つくづくラブコメの難しさを感じます。
今回影の薄かったキャラたちも、次回では出番を増やしてあげたいところですね。
さて突然ですが、今回スケジュール進行がかなりきつかったです。いや、もう本当に。
いっぱいいっぱいでした。
諸事情でいきなり締め切りが早まり、速さ優先で文字を走らせ、1話出来上がるたびに編集さんへ投げ、片っ端から校正して、最終のデッドラインまで示され、そこまでになんとか！　という超綱渡りっぷり！　ひばり　よゆうあるすけじゅーる　すき！

まぁでもやれば出来るもんだなぁ、と。自分でもびっくりでしたね。

次は余裕をもって望みたいです（願望）。

そんな逼迫《ひっぱく》した中、今回もプロットから外れてキャラが勝手に動き出したりしてひやひやしたりも。だけどその分、より良い感じの仕上がりになったかな？

また校正の段階でもびっくりする指摘がありました。1話目の沙紀の朝食のところ。グラノーラは常温保存するものだから、冷蔵庫じゃなくて戸棚じゃない？　というものです。確かに指摘の通りですね。

だけど！　田舎では！　どこからか蟻がやってくるの！　てわけで、我が家では砂糖も冷蔵庫に入れてます。なので沙紀も冷蔵庫に入れているということにしました。

私事ですがなんと、我が家ににゃーんをお迎えしました！　ノルウェージャンフォレストキャットの男の子です！　かなり大きくなる種ですが、生後2ヶ月では手のひらに乗るような小ささ。成長を見守っていきたいと思います。

それはそうと猫缶、人間の缶詰より高いな？

ところで、最近知らないところに行ってみる、というのが自分の中でのブームでして。今年のゴールデンウィーク明けの平日に、天橋立に行ってきました。

朝も早い時間に到着したのもあって、現地には自分1人。最高の贅沢《ぜいたく》気分でお散歩して渡りました。

そこで一番記憶に残っているのは、松くい虫の薬をラジコンヘリで散布するので、通勤通学の人は気を付けてね、という看板。あ、あれってそういう生活もあるんだ、と妙に感動したりも。

また、ついでとばかりに舟屋で有名な伊根《いね》にも足を延ばしたり。内陸県出身なので、海を見ると心が躍りますね！　海鮮丼も美味《おい》しかった！

そんな天橋立〜伊根に行って、目的以外のもので妙に心を惹《ひ》かれたものもありました。京都丹後鉄道で。

可愛らしい1両編成で山や海辺のいたるところの絶景ポイントを走っているのを目にすれば、あの電車に揺られて旅をするのもいいなぁ、と思いましたね。

これまで電車に興味が全くなかっただけに、自分でもビックリでした。機会を作り、乗ってみたいところ。

さて紙面も残り少なくなってきました。

いつもファンレター、ありがとうございます。

実は私、ファンレター欠乏症という大変な病気にかかっておりまして、刊行するたびにファンレターを摂取しないと、不安で夜しか眠れなくなってしまうんです。いつも皆様からのファンレターで生かされておりますので、是非ともどしどし送ってください。

また、大山樹奈《おおやまきな》先生によるコミックスの1巻も発売中です。2巻もそろそろ近いうちに出るんではないでしょうか？　こちらの方もよろしくお願いしますね！

最後に編集のK様、様々な相談や提案、ありがとうございます。イラストのシソ様、美麗な絵をありがとうございます。私を支えてくれた全ての人と、ここまで読んでくださった読者の皆様に心からの感謝を。これからも応援してくれると幸いです。

ファンレターはいつものように、『にゃーん』だけで大丈夫ですよ！


にゃーん！

令和4年　7月　雲雀湯

転校先《てんこうさき》の清楚《せいそ》可憐《かれん》な美少女《びしようじよ》が、
昔男子《むかしだんし》と思《おも》って一緒《いつしよ》に遊《あそ》んだ幼馴染《おさななじみ》だった件《けん》5

著　雲雀湯《ひばりゆ》

角川スニーカー文庫　23273

2022年8月1日　初版発行

発行者　青柳昌行

発　行　株式会社KADOKAWA
〒102-8177 東京都千代田区富士見2-13-3
電話　0570-002-301（ナビダイヤル）

印刷所　株式会社暁印刷
製本所　本間製本株式会社

◇◇◇

●お問い合わせ
https://www.kadokawa.co.jp/（「お問い合わせ」へお進みください）
※内容によっては、お答えできない場合があります。
※サポートは日本国内のみとさせていただきます。
※Japanese text only

Printed in Japan　ISBN 978-4-04-112785-8　C0193

★ご意見、ご感想をお送りください★
〒102-8177 東京都千代田区富士見 2-13-3
株式会社KADOKAWA　角川スニーカー文庫編集部気付
「雲雀湯」先生
「シソ」先生

[スニーカー文庫公式サイト] ザ・スニーカーWEB　https://sneakerbunko.jp/

角川文庫発刊に際して

角川源義

第二次世界大戦の敗北は、軍事力の敗北であった以上に、私たちの若い文化力の敗退であった。私たちの文化が戦争に対して如何に無力であり、単なるあだ花に過ぎなかったかを、私たちは身を以て体験し痛感した。西洋近代文化の摂取にとって、明治以後八十年の歳月は決して短かすぎたとは言えない。にもかかわらず、近代文化の伝統を確立し、自由な批判と柔軟な良識に富む文化層として自らを形成することに私たちは失敗して来た。そしてこれは、各層への文化の普及滲透を任務とする出版人の責任でもあった。

一九四五年以来、私たちは再び振出しに戻り、第一歩から踏み出すことを余儀なくされた。これは大きな不幸ではあるが、反面、これまでの混沌・未熟・歪曲の中にあった我が国の文化に秩序と確たる基礎を齎らすためには絶好の機会でもある。角川書店は、このような祖国の文化的危機にあたり、微力をも顧みず再建の礎石たるべき抱負と決意とをもって出発したが、ここに創立以来の念願を果すべく角川文庫を発刊する。これまで刊行されたあらゆる全集叢書文庫類の長所と短所とを検討し、古今東西の不朽の典籍を、良心的編集のもとに、廉価に、そして書架にふさわしい美本として、多くのひとびとに提供しようとする。しかし私たちは徒らに百科全書的な知識のジレッタントを作ることを目的とせず、あくまで祖国の文化に秩序と再建への道を示し、この文庫を角川書店の栄ある事業として、今後永久に継続発展せしめ、学芸と教養との殿堂として大成せんことを期したい。多くの読書子の愛情ある忠言と支持とによって、この希望と抱負とを完遂せしめられんことを願う。

一九四九年五月三日

時々ボソッと
ロシア語でデレる隣のアーリャさん
Милашка❤
story by sun sun sun
illustration by momoco
燦々SUN
イラストももこ
ただし、彼女は俺が
ロシア語わかる
ことを知らない。
特設サイトはこちら!
スニーカー文庫

お見合いしたくなかったので、
無理難題な条件をつけたら
同級生が来た件について
桜木桜
イラスト
clear
story by sakuragisakura
illustration by clear
わたしと嘘の“婚約”をしませんか?
嘘 から始まるピュアラブコメ、開幕。
お見合い話を持ってくる祖父に無理難題をつきつけた高校生・高瀬川由弦。数日後、お見合いの場にいたのは同級生の雪城愛理沙!? お見合い話にうんざりしていた二人は、お互いのために、嘘の『婚約』を交わすことになるのだが……。

スニーカー文庫

カノジョに浮気されていた俺が、
小悪魔な後輩に
懐《なつ》かれています
My coquettish junior attaches herself to me!
御宮ゆう
イラスト　えーる
からかわないと、照れくさいから。
ちょっぴり大人の青春ラブコメディ!
特設ページはコチラ!
しがない大学生である俺の家に、一個下の後輩・志乃原真由が遊びにくるようになった。大学でもなにかと俺に絡んでは、結局家まで押しかけて——普段はからかうのに、二人きりのとき見せるその顔は、ずるいだろ。
第4回カクヨムweb小説コンテスト《特別賞》ラブコメ部門
スニーカー文庫

彼女が先輩にN《ね》T《と》R《ら》れたので、先輩の彼女をN《ね》T《と》R《り》ます

一緒に浮気《しかえし》しましょう？

震電みひろ

illustration
加川壱互

大学一年生一色優は、彼女のカレンが先輩の鴨倉と浮気している事を知る。
衝撃のあまり、鴨倉の彼女で大学一の美女・燈子に「俺と浮気して下さい!」
共犯関係から始まるちょっとスリリングなラブコメ、スタート!?

スニーカー文庫

岸馬きらく
イラスト／黒なまこ
キャラクター原案・漫画／らたん
飛び降りようとしている
女子高生を助けたら
どうなるのか？
失意の底に落ちた少女との、
幸せな同居生活が
はじまる──
特設サイトは
こちら！
スニーカー文庫

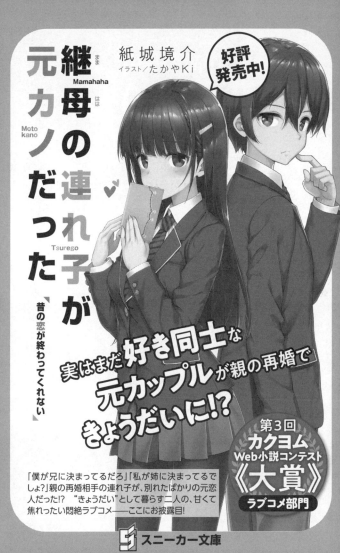